Balades pour Léa

Balades pour Léa

Vincent Pithon

Balades pour Léa

Roman

© Vincent Pithon 2022

Édition : BoD – Books on Demand, info@bod.fr
Impression : BoD – Books on Demand, In de Tarpen 42,
Norderstedt (Allemagne)
Impression à la demande

ISBN : 978-2-3224-2393-4
Dépôt légal : Juin 2022

Pour Nathalie,

C'est une peinture ancienne

« C'est une peinture ancienne
Dans une église de mon pays
C'est un petit garçon qui veut
Vider la mer
Avec une cuiller

Un saint passe par la plaine
Traînant sa robe de laine
Je crois qu'il lui dit
« On n' peut pas vider la mer
Ni compter les brins du gazon vert
Ni cueillir à travers les feuilles
Les cheveux brillants du soleil
Mon petit, y a rien à faire
N'essaie plus d' vider la mer »

C'est une peinture ancienne
Dans une église de mon pays
C'est un petit garçon qui veut
Vider la mer
Avec une cuiller »

Julos Beaucarne — L'enfant qui veut vider la mer — RCA 1968

Villa Chanteclair

Déserte à cette heure matinale, l'avenue est balayée par un vent frisquet et par une bruyante machine de voirie. Les grands arbres qui habillent la promenade frissonnent. Des feuilles brunies se décrochent et se jettent dans une dernière danse. Elles tombent puis elles remontent en décrivant des spirales inégales et discontinues. Elles tournoient un moment avant de glisser sur la chaussée pour se coller contre le rebord du trottoir.

Engoncée dans son blouson élimé, Léa a les yeux rivés sur la lumière rouge du petit cabochon de verre qui couvre la partie basse du feu tricolore. Elle a posé son pied droit à terre. Le gauche, lui, est bien calé sur le haut de la pédale. Prêt à appuyer.

Elle porte des mitaines de laines. Du bout des doigts, elle serre les poignées craquelées du guidon. De son bonnet péruvien aux teintes vives dépassent quelques mèches de cheveux bruns. Elles couvrent son front soucieux. Les boucles rebelles s'agitent dans le vent. À l'arrière de sa tête, une petite tresse collée descend le long de sa nuque. Elle n'arrive pas à détacher son regard de cette lumière hypnotique tellement elle est saisie par le froid et encore un peu endormie.

C'est la sonnerie stridente de son téléphone qui a réveillé Léa en sursaut. Une version hurlante de la chanson « *Lollipop Lollipop* » interprétée par le groupe « *The Chordettes* ». La nuit lui a semblé très courte. Elle a été suffisamment arrosée pour avoir un léger mal de tête et la bouche pâteuse. Elle s'est rendue au restaurant avec les filles puis elles se sont laissé dériver dans les bars du centre-ville. Elle a été la dernière à rester debout. Au fur et à mesure des établissements, les amies sont rentrées chez elles. Puis elle s'est retrouvée seule. Ce sont des indélicats, lourdauds et grossiers, qui l'ont poussée à regagner ses pénates. Il était déjà tard.

Après ce réveil brutal et bien trop tôt, elle se glisse par habitude sous la douche. Elle tire le rideau. Sous ses pieds, le bac blanc en céramique apparaît glacial. Elle ouvre lentement le robinet et bascule directement le mitigeur du côté gauche. Un léger filet d'eau froide s'échappe entre ses orteils et court jusqu'à la bonde. L'attente de la pluie chaude lui paraît interminable. Elle dure encore plus que d'habitude. À la température idoine, elle se précipite sous le jet timide et irrégulier et tourne le bouton au maximum.

Elle laisse la vapeur et le flot brûlant ruisseler sur son corps endormi et la réveiller doucement. Elle ouvre légèrement la bouche pour happer un peu d'eau. Elle la fait rouler un peu sous sa langue et la relâche. Elle saisit son petit carré de lavande, mais il lui échappe et tombe dans le bac. Elle se baisse pour le ramasser. Son mal de tête revient à la charge. Elle regrette amèrement les mélanges de vins de la veille. Elle se savonne avec vigueur le corps et la figure. Elle se rince rapidement, mais elle ne veut pas sortir de cette étuve chaleureuse.

Au bout de longues minutes, elle ferme le robinet et écarte la toile de nylon. La vapeur enduit de buée le miroir et les vitres de la petite fenêtre. Elle pose ses pieds sur l'épais tapis de coton, attrape une serviette et se sèche énergiquement. D'un revers de la main, elle essuie un peu la glace. Elle y contemple avec dédain le reflet de son visage déformé par les coulures des gouttes d'eau. Elle laisse filer quelques mèches rebelles qui lui tombent sur le front. Hier soir, elle n'a pas pris le temps de défaire sa natte. Elle trouve que ses yeux sont cernés. Elle grimace. Elle jette sa serviette dans un coin et entre dans la chambre.

Du tiroir du haut de sa vieille commode, elle sort des sous-vêtements dépareillés qu'elle enfile prestement. Le compartiment du bas résiste et grince. Elle réussit à retirer un pantalon de toile, une chemise et un pull. Elle s'habille rapidement. Assise sur le bord du lit, elle met une paire de chaussettes fines et blanches puis lasse ses baskets. Elle secoue son téléphone portable endormi sur la table de chevet pour voir l'heure s'afficher. Elle se trouve déjà en retard. Elle boucle les sangles du sac préparé le jour d'avant.

Léa prend juste le temps de se faire réchauffer un café. Elle attrape une grande tasse et y verse du jus noir et froid de la veille. Elle ouvre la porte du four micro-ondes et pose le récipient au milieu. Elle claque le battant de l'appareil, tourne la molette au maximum et appuie sur le bouton de mise en route. En attendant que la machine électrique termine son cycle, elle tire sur la poignée d'un placard et empoigne un paquet de biscuits. Elle en sort un petit sachet et le déchire. Elle prend entre ses dents un des gâteaux et récupère son café dès que la sonnerie du four retentit. Elle s'approche de la fenêtre et regarde, pensive, la cité endormie.

Elle se rappelle la courte conversation avec le cabinet de placement :

— Allo ? J'ai quelque chose pour vous ! Présentez-vous mardi matin à huit heures à la villa Chanteclair. C'est situé rue des Fauvettes. Ça se situe de l'autre côté de la ville dans le secteur résidentiel. Vous savez ? Je parle du quartier riche et plein de célébrités !

Ricane l'interlocuteur.

— Ouais ! Je sais où c'est. Quelle est la mission qui m'attend ?
— Je n'ai pas plus d'informations. Vous acceptez ou pas ?

Léa n'hésite pas longtemps, car elle a besoin d'argent.

— Ok ! C'est d'accord. J'y serais.
— Merci ! Au revoir.

Léa avale le reste de son café en même temps que le dernier morceau de son gâteau. Elle repose la tasse sur la petite table. Elle récupère son téléphone et ses clés. Dans l'entrée de son appartement étroit, elle fait coulisser l'un des battants du placard. Elle y prend son blouson, son bonnet et ses mitaines. Elle remonte la fermeture éclair, ajuste son couvre-chef et enfile ses protections de laine. Elle passe les bretelles de son sac sur ses épaules. Quand la porte du logement claque, le bruit résonne sur tout le palier.

Léa descend l'escalier jusqu'au sous-sol où se situe le local de rangement collectif. Elle conduit son vieux vélo devant le sas qui donne sur la rue. Elle se contorsionne pour garder le lourd battant ouvert et, dans le même temps, faire glisser sa bicyclette. Il est décidément bien trop tôt, pense-t-elle. Ce matin, il fait froid.

L'avertisseur de la voiture placée derrière elle sort Léa de sa léthargie. Le feu tricolore est passé au vert depuis plusieurs secondes sans que Léa réagisse. Elle pousse sur sa jambe à terre, appuie fortement avec l'autre pied sur la pédale puis tire sur ses bras. Le vélo se met en route avec un léger grincement et un bruit métallique. Elle doit graisser la chaîne et faire réviser le pédalier depuis des mois.

Après le grand boulevard qui se charge petit à petit de voitures, elle récupère la piste cyclable et suit la rivière. Elle évite les petites rues étroites et pavées du centre-ville. Dans cet air vivifiant et après plusieurs minutes d'effort, Léa se réchauffe à peine. Son mal de tête se disperse un peu. Elle longe le parc avant d'emprunter la passerelle de béton qui enjambe le cours d'eau. Le froid vif picote et teinte les pommettes de Léa d'un rose foncé qui tire vers le rouge.

Elle récupère la piste de l'autre côté et traverse l'ancien faubourg industriel d'où émergent de nouvelles résidences. Le quartier, en perpétuelle évolution, change. Léa ne reconnaît plus grand-chose. Elle se souvient quand même des soirées improvisées, festives et musicales dans des hangars abandonnés. Elle voudrait oublier les occupations illégales, les endroits insalubres et sales dans lesquels elle a vécu quelque temps. Elle voit encore les chambres rêvées dans de vieux ateliers aux vitres brisées.

Elle repense à la compagnie des rats. Elle ressent toujours les piqûres dans les bras. Elle accélère la cadence et s'engage dans le quartier du lac. Un ensemble d'immeubles collectifs anciens plantés de plusieurs étages aux parements de briques et coiffés de toits d'ardoises qui regardent, avec envie, le cœur de la ville. Léa continue son chemin et traverse un secteur pavillonnaire sage et proplet.

Elle est complètement réveillée quand elle aperçoit les premières grandes maisons. Elles apparaissent cossues. Timides, elles se cachent sous des arbres centenaires et derrière de hautes enceintes de pierres.

Léa pédale avec énergie tout en admirant le nom des villas qui s'affichent fièrement. De larges poteaux supportent de lourdes grilles de fer. Elle roule encore un moment avant de s'engager dans la bonne rue. Elle se dresse sur les manivelles pour essayer de voir par-dessus la muraille, mais elle n'y parvient pas. Elle se ravise et continue à avancer.

Elle passe plusieurs maisons puis elle s'arrête brusquement devant l'adresse de destination. Les freins du vélo grincent quand Léa serre les poignées. Elle descend de son engin et le pose contre la clôture, à côté du portillon blanc. Elle appuie sur la sonnette et fixe la caméra. Au bout de plusieurs minutes, un chuintement se fait entendre ; puis une voix.

— Vous êtes en retard ! annonce une femme sur un ton agacée.

— Je sais. Je... je suis désolé, s'excuse Léa, essoufflée de son effort.
— Je vous ouvre !

Un claquement puis un petit bruit sourd et continu indiquent à Léa que le portillon est débloqué. Elle attrape le guidon de son vélo et pousse la grille avec le pied. Elle entre dans la propriété. Elle entend l'ouverture se refermer derrière elle. Léa relève la tête et balaie du regard l'intérieur du domaine.

Devant elle, une belle allée de gravier encercle une vaste pelouse au milieu de laquelle trône un immense cèdre bleu. Sur le pourtour se dressent quelques coupes de jardin imposantes en pierre. Léa entrevoit la grande maison qui se cache au fond. Elle avance doucement en poussant son vélo. Les cailloux crissent sous ses pas.

Elle contourne l'impressionnant sapin. De l'autre côté du chemin, Léa aperçoit une élégante roseraie et quelques arbustes taillés. De son côté, une orangerie se devine derrière un vieux mur couvert de lierre. Elle semble un peu délaissée. Face à elle se dresse une belle maison bourgeoise avec sur le devant un perron de trois marches courant tout le long de la bâtisse. Les larges ouvertures sont habillées d'huisseries en bois blanc. Par endroit, les parois de pierres sont rehaussées d'une généreuse vigne vierge.

Léa s'arrête au niveau d'un porche monumental. Elle regarde vers la droite. L'allée se prolonge le long de la demeure jusqu'à une petite dépendance qui sert de garage. Léa adosse son vieux vélo contre l'un des bacs de teck qui bordent le chemin devant la maison. Ils portent tous de modestes buis taillés en boules.

Léa se présente devant l'entrée principale. La porte s'ouvre. Léa se retrouve face à face avec une grande dame à l'air hautain. Léa se sent dévisagée des pieds au sommet du crâne. Elle attrape son bonnet et le fait glisser doucement de sa tête.

Elle regarde la femme à son tour. De longs cheveux blonds et légèrement ondulés lui descendent jusqu'aux épaules et tracent les contours d'un visage maigre et sévère. Ses yeux maquillés, d'un vert très clair, montrent de petites rides à peine masquées. Une fine chaîne d'or lui dessine un cou haut et mince. Il se termine par un pendentif ou s'accroche une belle émeraude.

Léa la jauge. Elle se dit qu'elle entre dans la quarantaine. Elle est vêtue d'une robe longue noire et cintrée qui épouse les formes de son corps. Elle porte des chaussures à talons pailletées. Léa perçoit dans son sillage une odeur subtile de rose, de jasmin. Le tout coloré par un soupçon de vanille.

— Vous mettrez votre bicyclette dans le garage plus tard ! Entrez !

Léa s'exécute. Elle s'avance dans la spacieuse entrée. Elle suit de près la maîtresse de maison. Celle-ci referme la lourde porte. Des rayons d'un soleil encore timide en profitent pour inonder la pièce d'une belle lumière blanche qui éblouit Léa. Quelques secondes lui sont nécessaires pour que ses yeux s'habituent. Elle découvre un hall immense et froid. Le sol est tapissé de marbre blanc et noir. Les murs sont palissés de bois. La salle reste presque vide. Seuls deux petits meubles en fer forgé ouvragé l'habillent. Sur le côté, deux grosses valises, impatientes, sont prêtes à partir.

Les deux femmes se dirigent vers le fond et passent une double porte ouverte. De part et d'autre, de beaux vitraux aux couleurs vives laissent s'écouler une douce lumière. Léa défait son sac à dos et l'empoigne d'une main avant d'entrer dans un grand salon. L'hôtesse se plante devant Léa et lui lance un regard inquisiteur.

— Vous paraissez bien jeune. J'avais demandé à l'agence quelqu'un de plus mûr ! Vous avez de l'expérience au moins ?

Elle dévisage Léa et poursuit sans attendre la réponse.
— Bon ! Nous verrons cela plus tard ! Nous n'avons plus le temps ! Nous partons pour New York ce matin ! Je vous ai laissé des instructions précises ! Suivez-les à la lettre. Sur ce document, vous y trouverez également tous les numéros de téléphone.

Elle désigne du doigt un petit carnet de cuir rouge posé sur un guéridon à côté d'un grand canapé.

À ce moment-là, une porte s'ouvre, un homme surgit du fond de la pièce et interrompt brutalement la conversation. Il s'approche des deux femmes, mais il ne voit que la maîtresse de maison. Léa se sent complètement transparente. Surprise, elle le regarde s'avancer. L'individu se montre assez grand. Léa le trouve plus jeune que l'hôtesse. Il a des cheveux noirs et assez longs qui lui descendent jusqu'aux épaules. Son visage présente un faciès élancé et assez maigre. Il est pourvu de beaux yeux sombres et entretien une barbe de quelques jours. Il est vêtu d'une chemise blanche dont il a replié les manches au niveau des coudes et d'un pantalon de toile foncé. Il porte une élégante et fine ceinture marron autour de sa taille. Il est chaussé avec des bottines de cuir cirées.

— Inès ! Le taxi arrive ! Nous partons dès qu'il est là ! Prépare-toi !

Elle est un peu décontenancée, mais répond d'une voix plus douce.

— Oui. Oui. Charles. Je me dépêche ! Je montre sa chambre à... ? Quel est votre prénom demande-t-elle en regardant Léa.
— Léa !
— Bien ! Bien ! Finissons-en ! Je vous montre votre chambre ! Suivez-moi.

L'homme a déjà quitté la grande pièce quand Inès et Léa traversent le salon et la salle à manger pour prendre le large escalier qui mène à l'étage. Inès avance d'un pas rapide. Elle ouvre une porte puis une autre pour indiquer à Léa, salle de bain, toilette et chambre à coucher.

— Voilà votre chambre ! Je vous laisse vous installer ! Vous penserez bien à ranger votre vélo ! Je vous appellerais tous les jours vers dix-huit heures ! Pour les repas, ne vous inquiétez pas, ils sont livrés tous les matins ! J'oubliais ! Dans la salle à manger se trouve un secrétaire qui renferme son médicament. La clé est cachée dans le pot sur la table. Donnez-le-lui dès que vous descendrez ! Vous trouverez *Raph...* Monsieur, dans sa chambre !

Le temps que Léa effectue le tour de la pièce du regard, Inès a déjà disparu. Elle l'entend marcher rapidement sur le vieux parquet du couloir puis emprunter les escaliers.

La chambre paraît spacieuse, mais froide. Les murs sont recouverts d'un beau tissu vert amande. Le sol marqueté est en partie masqué par un tapis serti de motifs d'inspiration orientale aux couleurs jaune et beige.

D'un côté de la large fenêtre se trouve un double lit. Un petit secrétaire de bois et un tabouret sont situés de l'autre côté. Une armoire et, en face, un fauteuil de velours rouge sont logés de part et d'autre de la baie.

Léa pose son sac sur le matelas et s'approche de la vitre. Elle écarte doucement le voilage d'une main et regarde le parc. Elle voit arriver le taxi. Après quelques échanges entre le chauffeur et le couple, les bagages sont chargés dans le coffre et les portières claquent. Le véhicule s'éloigne, passe la grande entrée et disparaît au coin de la rue. Les larges portent en fer se referment lentement.

Léa se retrouve seule dans cette chambre et dans cette immense maison. Ce n'est pas sa première expérience, mais elle déteste cette sensation de vide et d'abandon. Des dizaines de questions se bousculent dans sa tête. Elle inspire profondément pour se calmer. Ses mains serrent avec force son bonnet. Elle le jette sur le lit et retire son blouson. Elle le met sur le dossier de la chaise puis ouvre son sac très doucement en faisant glisser la fermeture.

C'est la première fois qu'on lui donne si peu d'information et qu'elle doit se débrouiller toute seule. Elle est bien décidée à récupérer le carnet avec toutes les consignes. Elle apprendra sans doute plus de choses. Malgré tout, elle s'interroge. Elle se mord la lèvre inférieure et tire nerveusement sur sa natte.

— Qu'est-ce que je suis venu faire ici ? Qu'est-ce que c'est que cette galère ? J'aurais pu rester chez moi où faire la fête avec les copines.

Elle se retourne et se retrouve en face de lui. Elle sursaute. Son cœur s'emballe et frappe sa poitrine. Sa gorge se noue. Elle déglutit difficilement. Elle semble vouloir crier, mais aucun son ne sort de sa bouche. Ce sont ses yeux qui hurlent.

— J'ai entendu une voix que je ne connais pas. Je suis venu voir. Je m'appelle Raphaël. Qui êtes-vous ?

Léa est tétanisée. Elle paraît sous le choc. Devant elle se trouve un individu qui ressemble à s'y méprendre à l'homme qu'elle vient de voir partir. La similitude s'avère troublante. Il semble quand même un peu plus âgé. Il a les yeux tirés et les cheveux en bataille. Ils sont longs et complètement emmêlés. Il porte une robe de chambre de velours sombre avec un liseré clair. Dessous, il est vêtu d'un pyjama gris à carreaux. Des pantoufles noires chaussent ses pieds.

— Je... je... je suis Léa. Annonce-t-elle d'une toute petite voix.

— Je suis là pour vous. Je dois m'occuper de...

Elle n'a pas le temps de terminer sa phrase que Raphaël l'interrompt.

— ... Vous occuper de moi ! Encore une idée d'Inès ! N'importe quoi ! Bon, si c'est ainsi ! Mais je vois que je vous ai fait peur. Vous semblez complètement terrifiée. Ne craignez rien ! Je suis désolé ! Je vous prie de m'excuser ! Je vous laisse vous installer ! Je vais effectuer ma toilette et m'habiller ! À tout à l'heure !

Raphaël en jazz

Il ferme doucement la porte. Léa entend son pas feutré qui s'éloigne dans le couloir. Elle se laisse tomber sur le lit. Elle reste encore sous le choc. Elle recouvre ses esprits après plusieurs minutes. Elle finit par s'asseoir au bord de la couche. Elle prend sa tête à deux mains et souffle un grand coup. Son cœur retrouve un rythme normal. Elle écarte ses mains puis regarde par la fenêtre.

Les hautes branches du cèdre bleu se balancent dans le vent et se montrent furtives en passant devant la fenêtre. Les nuages lourds et gris couvrent le ciel, assombrissent la chambre et la remplissent de mélancolie. Léa attend là, pensive, pendant un long moment puis elle se lève et sort de la pièce.

Elle allume le couloir et passe se rafraîchir dans la salle de bain. Elle descend dans le salon, récupère le carnet rouge et s'installe dans le canapé pour en réaliser une lecture consciencieuse.

Léa arrive presque au bout de la liste des consignes quand elle entend une mélopée en provenance d'un local contigu. Elle écoute attentivement. C'est un morceau de musique interprétée au piano. La mélodie est entrecoupée de silence et rejouée plusieurs fois. Elle pose le calepin et se lève pour se diriger vers le fond de la pièce. Elle colle son oreille sur la double porte de bois et appuie sa main sur la poignée de métal doré. Elle la tourne tout doucement et entrebâille l'un des battants.

De cet angle de vue étroit, elle distingue une grande bibliothèque qui grimpe jusqu'au plafond. Elle remarque une vaste baie vitrée qui donne sur le jardin derrière la maison. Le sol est jonché de partitions musicales jetées anarchiquement. Il ressemble à la terre d'automne qui s'habille de feuilles jaunes, oranges, marrons ou rouges.

Elle peut quand même apercevoir, par endroit, le beau parquet en chevrons. Devant la fenêtre est installé un immense piano sage et laqué. Sur le banc, face au clavier, se trouve Raphaël. Il a les yeux fixés sur la partition, une main sur les touches et dans l'autre un stylo. Il est encore dans la même tenue que quand Léa a fait sa connaissance.

Léa relâche la poignée de la porte d'un coup. Celle-ci claque et c'est le pianiste qui sursaute. Léa se mordille la lèvre inférieure.

— Qui est là ? Entrez ou fermez cette porte ! gronde Raphaël, visiblement énervé.

Léa ouvre doucement la porte et découvre la pièce dans sa totalité. La bibliothèque tapisse presque tous les murs du petit salon. Quelques modestes cadres qui présentent des portraits tiennent compagnie aux livres. Sur le côté se trouve une banquette de tissu rouge. Elle aussi est parsemée de partitions.

Léa aperçoit, dans un coin, un équipement électronique professionnel pour enregistrer et écouter de la musique. Elle en a vu un ainsi quand elle avait accompagné une de ses amies suivre une émission de radio en direct.

Un lampadaire au design épuré diffuse une lumière douce. Un beau et épais tapis beige aux motifs géométriques est déroulé sous le piano.

— Bonjour ! Je suis Raphaël. Qui êtes-vous ? On se connaît ? lance-t-il en fixant Léa dans les yeux.

Elle ne semble pas trop surprise. Elle a lu avec attention le carnet rouge. Elle entre un peu plus dans la pièce en essayant de ne pas marcher sur les feuilles de musique qui couvrent le sol.

— Je m'appelle Léa. Je suis là pour m'occuper de vous. Voulez-vous que l'on aille effectuer votre toilette et vous habiller ? Demande gentiment Léa.

Raphaël ne semble plus faire attention à Léa. Il est assis face au piano et regarde fixement la partition ouverte sur le pupitre. Il reste ainsi pendant de longues minutes puis il se lève brutalement et renverse le banc sur lequel il était posé.

— Non ! Non ! Ce n'est pas ainsi que je dois jouer ! C'est nul !

Il attrape le feuillet et le froisse rageusement. Il le jette dans la pièce.

— Mi, Sol, Si, Ré ! ... Sol, Si, Ré, Mi... ... Si, Ré...

Raphaël lève une main avec l'index dressé, ferme ses yeux et dessine doucement de petits ronds tout en chantant à voix basse les différentes notes. Il se retourne vers Léa et sourit. Il replie ses doigts. Il met ses poings dans les poches de sa robe de chambre et s'avance vers la jeune fille. Il fredonne.

— « *Un nouveau jour se lève.*
Je suis beau, je suis laid.
Je vais changer de peau.
Me laver comme un nouveau-né.
M'habiller où me cacher ?
M'habiller où me cacher ?
M'habiller ? ... »
— Allons-y ! annonce-t-il en regardant Léa

Il opère un demi-tour en faisant tournoyer le bas de sa houppelande et passe devant elle en relevant le menton fièrement. Léa lui emboîte le pas et ils sortent de la pièce. Léa sourit. Ils montent les escaliers puis empruntent le long couloir avant d'entrer dans la chambre de Raphaël.

Léa découvre une grande chambre avec une salle de bains attenante. Elle est parfaitement rangée. Seul le lit est légèrement défait. Les murs sont revêtus d'un tissu bleu clair. Le plafond peint en blanc supporte un petit abat-jour tramé. Fixée au centre de la pièce, son ampoule projette des ombres festonnées. Une haute fenêtre donne accès à un balcon en fer forgé qui surplombe la cour. Le grand cèdre vit juste en face. Le mobilier se résume à une vaste armoire de chêne, une commode surmontée d'un beau miroir, un fauteuil crapaud et une banquette en bout de lit.

Raphaël traverse la pièce, jette sa robe de chambre sur le matelas et gagne la salle de bain. Léa trouve des affaires bien pliées sur le petit meuble. Elle les pose sur le bord de la couche. Elle tape les coussins et tire les draps. Elle remonte la lourde couette et ajuste le dessus de lit. Elle s'approche de la porte du cabinet de toilette et colle son oreille sur le panneau de bois pour écouter. Elle perçoit distinctement le bruit de l'eau qui s'écoule. De son doigt plié, elle frappe doucement le montant.

— Monsieur ? Monsieur Raphaël ? Tout va bien ?

Léa n'obtient pas de réponse. Elle réitère l'opération, mais elle n'entend qu'un son cristallin. Celui de l'eau qui dégringole. Elle agrippe la poignée et ouvre la porte. Elle reçoit en pleine figure une bouffée d'air chaud. La vapeur a envahi toute la pièce. Elle découvre Raphaël, nu, assis sur un petit tabouret. Il tient dans sa main une brosse à dents. Il arbore une mine triste et son regard s'est vidé. Évadé. Il reste muet. Elle remonte ses manches et ferme le robinet de la douche puis s'approche de lui.

— Monsieur Raphaël ! Je suis Léa. Je viens m'occuper de vous. Je vais vous aider à vous laver !

Elle retire l'ustensile de la main de Raphaël. Il se laisse faire. Elle lui attrape le bras et l'oblige à se lever. Il s'exécute. Elle accompagne ses pas jusqu'à la douche. Lorsqu'il se positionne au centre du bac, elle actionne tout doucement le robinet. L'eau jaillit du pommeau et tombe en pluie sur Raphaël. Elle ruisselle sur ses cheveux et son corps. Elle produit un effet vivifiant qui le sort immédiatement de sa torpeur.

— Tout va bien ! tout va bien ! Je peux me débrouiller seul. Laissez-moi terminer ma toilette !

Léa se sent un brin gênée. Elle lâche le bras de Raphaël et fait glisser la porte de la douche. Elle se retourne pour quitter la pièce. Elle passe devant le meuble qui porte deux petites vasques et aperçoit sur le miroir un mot dessiné dans la buée : «*falsum*». Même si elle ne comprend pas, elle trouve ça amusant. Elle reste malgré tout un tantinet perplexe. Elle sort et referme derrière elle.

— Je vous attends dans la chambre ! déclare-t-elle en élevant un peu la voix pour couvrir le bruit de l'eau.

Elle effectue le tour de la pièce. Elle ouvre la grande armoire. Elle voit des étagères avec, d'un côté, des vêtements parfaitement pliés et de l'autre une penderie avec de beaux costumes. Juste en dessous, elle admire un ensemble de chaussures alignées avec précision et une boîte grise cartonnée.

Curieuse, Léa ôte le couvercle et trouve une superbe paire de souliers vernis noirs. Elle remet tout en place et tire la porte. Elle n'entend plus le jet de la douche. Raphaël jaillit de la salle de bain avec une serviette autour de la taille, la peau humide et les cheveux encore mouillés. Il est précédé par une odeur de savon et d'eau de toilette qui se diffuse dans toute la chambre.

— Vous êtes encore là ? Je peux m'habiller tout seul, je pense ! déclare-t-il en toisant Léa avec impatience.

— Oui, oui ! Je vous laisse. J'ai posé vos affaires sur le lit. Je vous attends en bas. Je vous prépare quelque chose ? répond-elle sans le regarder.
— Volontiers ! Un thé ! Merci.

Léa quitte la chambre et ferme la porte derrière elle. Elle hausse les épaules et souffle. Elle est énervée. Elle descend rapidement les escaliers, traverse le salon et la salle à manger pour aller dans la cuisine située de l'autre côté de la maison. C'est une pièce froide, assez vaste et très moderne. Dans cette vitrine, pour émission de décoration, trône une vieille cheminée qui rappelle le bel âge de la demeure.

Un large évier en ardoise est posé devant la fenêtre qui donne sur la cour. Quatre énormes sacs de papier sont alignés sur l'ilot central. Elle range les repas livrés le matin même puis retire deux grandes tasses d'un support métallique. Sur une imposante étagère, elle repère plusieurs boîtes et choisit un thé noir Assam.

Avant de remplir l'infuseur, elle hume le parfum qui s'en dégage. Elle adore en respirer les odeurs épicées. Elle repose et referme le récipient quand la bouilloire siffle. Elle ouvre deux placards jusqu'à ce qu'elle trouve une théière en porcelaine. Elle dispose le tout sur un plateau et se dirige dans le salon. Elle est accompagnée d'un léger fumet de muscade et de girofle.

Raphaël attend dans la salle de musique, mais, cette fois, il a laissé la porte béante. Il est appuyé sur le large capot du piano avec ses avant-bras. Un cahier de musique est ouvert devant lui. Il tient dans sa main un crayon-feutre qu'il tapote doucement sur le papier. Il paraît beaucoup plus calme et tout à fait lucide.

Léa a eu peur de le retrouver à moitié habillé ou bien encore dans sa chambre. Elle est surprise de le voir intégralement vêtu, des chaussures aux pieds et les cheveux peignés et attachés. Elle pose le plateau sur la table basse puis verse le thé dans les deux grandes tasses.

— Le thé est servi ! annonce-t-elle en regardant vers le petit salon.

Raphaël se redresse et tourne la tête dans la direction de Léa.

— Ah ! Oui ! J'avais oublié !

Il s'installe dans l'un des confortables canapés et empoigne la tasse fumante. Il souffle doucement dedans. Il reprend.

— Ils sont partis, n'est-ce pas ? Charles joue à *Canergie Hall* samedi soir. Il sera accompagné par l'orchestre du Lincoln Center. Ce sera une soirée magnifique. Vous connaissez New York ?
— Non. Je n'ai pas cette chance ! répond sèchement Léa.
— Vous savez ! Je sais qui vous êtes ! Inès dit que je suis malade et que je perds la tête ! Que l'on doit tout le temps s'occuper de moi ! Me surveiller, ça oui ! Mais je suis encore capable !

Raphaël se laisse tomber sur le dossier du canapé en soupirant longuement. Léa, assise en face de lui, le regarde. Son visage se ferme et ses yeux se remplissent de tristesse. Il boit deux grandes gorgées de thé puis lève la tête et cherche à capter l'attention de Léa.

— Léa ! Vous vous appelez Léa ! Vous remplacez madame… ? Comment s'appelle-t-elle déjà ? … Sansouci ! Madame Sansouci ! Vous voyez que je ne suis pas fou !
— Oui ! C'est bien ça ! encourage Léa.
— Ils me considèrent tous comme un enfant ! Mais je sais des choses ! Je sais ! grommèle-t-il en hochant la tête.

— Je vois ! répond Léa. D'ailleurs, vous devez prendre votre médicament ! Je vais le chercher.

Léa se lève et passe dans la salle à manger. Elle récupère une clé maladroitement cachée dans le pot en céramique posé au milieu de la table. Elle permet l'accès au contenu d'un modeste secrétaire en acajou.

L'intérieur du petit meuble sent l'encre, le bois et les plantes médicinales. Elle ouvre plusieurs tiroirs avant de trouver le bon. Elle prend un flacon en verre jaune surmonté d'un bouchon avec une pipette. Sur l'étiquette d'écolier écrite à la main, on peut lire : « *Mandragora officinarum, dix gouttes, trois fois par jour* ». Léa referme le compartiment.

Elle revient dans le salon. Raphaël est toujours assis dans le sofa et regarde fixement la tasse posée devant lui. Léa s'approche. Elle récupère le verre qu'elle avait préalablement mis sur le plateau. Elle se positionne au-dessus avec le compte-gouttes et laisse glisser le médicament au fond du récipient. Elle y ajoute un peu d'eau puis elle le tend à Raphaël.

— Tenez ! Voilà votre remède ! Buvez d'un coup !

Raphaël se tourne vers la jeune fille et attrape docilement le gobelet. Il en avale d'un seul trait tout le contenu en grimaçant. Léa récupère le verre et le met sur le plateau. Lui se lève et se dirige tout droit vers la pièce contiguë.

— Je dois travailler ! Il ne va pas aimer ! déclare-t-il en refermant derrière lui la porte de la salle de musique.

Léa pose à peine sa tasse sur la table basse que des notes de piano parviennent jusqu'à elle. Elle ne connaît pas grand-chose à cette musique, mais là elle trouve ça agréable. Tout en attrapant les sons qui tournoient et qui accomplissent des pirouettes, elle récupère le plateau et repart dans la cuisine. Elle remet d'abord le flacon dans le secrétaire. À l'office, elle déplace le contenu du plateau sur le plan de travail. Elle empile les tasses dans l'évier.

La musique s'avère plus lointaine, mais elle demeure toujours présente et décore toute la maison de guirlande sonore. Raphaël est occupé et Léa prend le temps de découvrir la partie basse de la résidence. Dans la salle à manger trône une belle table pour une dizaine de convives. La pièce est complétée par un large buffet au style Art déco et une grande armoire de bois noir.

Au mur sont accrochés deux tableaux de maîtres qui se font face. L'un représente un portrait impressionniste et l'autre est rempli de couleurs chaudes, orange et marron au centre duquel est peint un personnage figuratif tout rond avec des yeux rouge vif. À côté de l'une des portes-fenêtres, un guéridon porte un bouquet de photographies encadrées.

Léa reconnaît Inès, l'hôtesse de la maison. Elle a du mal à trouver la différence entre les deux hommes qui posent sur les clichés. Ils se ressemblent tellement. Ils sont presque toujours vêtus d'une chemise blanche et d'un costume noir et ils prennent la posture au milieu d'instruments de musique. Ils sourient.

Dans le salon, Léa retrouve une immense bibliothèque au-dessus d'un meuble bas. Elle parcourt rapidement les titres des ouvrages en passant les doigts d'une de ses mains sur le dos des livres. Elle aime la compagnie des livres. Elle adore les toucher et les sentir. Deux grands canapés et deux fauteuils complètent la pièce.

Dans un coin est logé un petit dressoir surmonté d'une belle lampe. Entre la porte qui mène à la salle à manger et celle qui donne sur le jardin s'élève une ancienne cheminée en marbre rouge. Le foyer est fermé par une plaque d'acier noir. D'autres cadres photo avec les mêmes personnages sont posés sur la tablette.

Léa se rassoit dans le canapé et ouvre le carnet à la couverture de cuir. Elle lit encore les consignes. Elles sont rédigées comme une liste de course et sans fioriture. Léa retrouve une écriture semblable à celle du flacon de médicament. Elle lit :

« *NE JAMAIS LAISSER LA PORTE DE LA PROPRIÉTÉ OUVERTE.*

Préparer et donner le médicament — surtout ne pas oublier.

Les repas sont livrés tous les jours à huit heures. À ranger dans le réfrigérateur.

Faire le lever à neuf heures et vérifier la toilette

(les vêtements sont préparés et pliés dans l'armoire).

Préparer le petit déjeuner (il prend du thé et deux tartines beurrées avec un peu de confiture).

Préparer le déjeuner pour midi trente.

Préparer le dîner pour vingt heures.

Le coucher est à vingt-deux heures maximum.

IL DOIT TRAVAILLER SA MUSIQUE TOUS LES JOURS.

IL NE DOIT PAS BOIRE D'ALCOOL.

IL NE DOIT PAS FUMER.

Il faut le surveiller de près. Si vous voulez, vous pouvez l'enfermer le soir.

Il peut se promener un peu dans le parc de la propriété ».

Léa déchiffre et apprend la notice par cœur puis elle finit par lire un ensemble de numéros de téléphone. Elle referme le document. Elle reste un petit moment à regarder avec stupeur et étonnement la couverture rouge du livret. Elle sait très bien qu'elle doit s'occuper pendant quelques jours d'une personne vulnérable. Elle a occupé des missions similaires auparavant. Elle s'exclame.

> — Déjà, elle me prend pour une débutante ! Elle me croit trop jeune et elle me dit toutes ces choses que je dois faire ! Elle m'agace ! Je ne vais pas l'enfermer dans sa chambre ! C'est dingue ! Il n'a pas l'air complètement gâteux !

Léa se lève et jette le carnet sur l'un des canapés. Elle va se débrouiller. Comme toujours.

Pantomime et tempête

La musique s'est tue. Léa tend l'oreille. Elle n'entend plus rien. Tout juste perçoit-elle un léger murmure. Elle capte un fredonnement et le bruit du papier que l'on froisse. Elle s'écarte doucement de la porte de la salle du piano et repart vers la cuisine. Midi se montre bientôt là et elle doit préparer le repas.

Avant ça, elle se décide à réaliser un tour dans le jardin en passant par la petite ouverture du cellier attenant à l'office. Elle veut « prendre l'air ». De l'autre côté de la propriété, elle voit son vélo. Elle l'a déposé rapidement, à cet endroit, il y a déjà quelques heures. Elle traverse le grand perron qui court le long de la demeure, prend sa bicyclette par le guidon et le laisse rouler jusqu'à un garage qui jouxte la maison. Elle entre dans le local et adosse l'engin contre le mur puis elle sort et referme le loquet derrière elle.

Léa emprunte la large pelouse et s'aventure sous le cèdre. Elle passe la roseraie et longe la vieille orangerie. Elle devine un peu l'intérieur au travers des vitres voilées de poussières. Elle trouve la porte et tourne la poignée, mais celle-ci est verrouillée. Elle approche son visage et pose ses mains sur le verre sali.

Léa remarque que l'endroit n'est pas du tout laissé à l'abandon, mais qu'il est bel et bien utilisé. Elle trouve là des outils de jardinage et de grands bacs de terre avec des plantes vigoureuses et bien entretenues. Elle peut voir au fond du local un lavabo et tout un équipement de laboratoire. Des carafes, des creusets et des mortiers, des éprouvettes et des entonnoirs, des flacons et des fioles.

Léa frotte ses mains pour enlever la poussière et continue sa visite. Elle pousse une étroite porte de bois ronde sous un imposant pan de pierre et se retrouve dans le petit parc derrière la maison. De part et d'autre de l'allée aux dalles d'ardoises se trouve une pelouse verte et grasse. Elle n'a pas été tondue depuis longtemps. Au fond, elle peut voir un muret qui délimite la propriété. De sa position, on capte un point de vue imprenable sur la vallée qui mène au cœur de la ville.

Léa se retourne pour admirer la grande maison. De là où elle est, elle visualise très bien le salon de musique. Une large baie vitrée laisse entrer la lumière naturelle et les regards du jardin. Elle voit la haute bibliothèque. De ce côté, elle n'entend aucun son, mais elle le devine. Le piano a ouvert son couvercle. Raphaël est assis face à lui. Il semble faire partie de l'instrument. Ses mains et ses bras montent et descendent au-dessus du clavier et dessinent des courbes amples et lentes avant que ses doigts partent vers la gauche ou vers la droite. Ils dansent. Le pianiste peint un mélange de notes noires et blanches qui donne la couleur à sa musique.

Léa regarde avec tendresse et admiration cet homme étranger qui joue derrière les vitres. Elle s'approche et passe discrètement sous la fenêtre pour écouter.

Le jazz et ses euphonies inspirées lui semblent inconnus, mais elle aime bien cette musique qui s'écoule au jardin. Les notes de piano dégringolent jusqu'à elle. Elle s'enveloppe de la mélodie et se laisse bercer par ce nouveau son.

Elle reste là pour entendre. Elle se sent bien. Parfois, le mouvement s'interrompt pour mieux reprendre avec fougue. L'artiste accompagne ses doigts d'un chant onomatopéique animé et presque étouffé. Léa prolonge l'écoute jusqu'à ce que le silence ne la sorte de sa rêverie. Elle regarde par la fenêtre.

Raphaël est assis sur la méridienne posée devant la bibliothèque. Il a l'air hagard. La tête penchée vers le sol, il fixe l'intérieur de ses mains grandes ouvertes. Les doigts écartés. Il se met à parler.

> — Vous n'en faites qu'à votre tête ! Vous ne suivez pas la partition que je vous ai écrite ! Vous divaguez complètement ! Je vous propose une traversée, un voyage ! Vous me faites une balade ! Je vous amène vers des sommets ! Vous, vous glissez sur le sable comme les vagues qui se brisent sur la plage quand elles lèchent l'estran humide. On ne se comprend pas ! On ne se comprend plus !

Léa, surprise, regarde le pianiste avec bienveillance. Raphaël s'est étendu sur le canapé et ferme les yeux.

Léa quitte son poste d'observation et décide de rentrer dans la maison pour concocter le déjeuner. Elle longe la bâtisse, prend la petite allée pavée et se glisse dans la demeure par le cellier qui donne directement dans la cuisine. Elle trouve facilement de quoi mitonner le repas. Tout est étiqueté et bien rangé. Elle a juste à ouvrir les couvercles des barquettes plastiques et à faire chauffer le contenu quand c'est nécessaire. Elle arrange le plateau et passe dans la salle à manger pour dresser la table. Elle prépare le remède de Raphaël. Lorsque tout semble prêt, elle traverse le salon et entre dans la pièce de musique. Raphaël paraît s'être assoupi.

> — Monsieur Raphaël ? C'est l'heure de manger, annonce-t-elle d'une voix douce.

Il ouvre les yeux et relève légèrement la tête. Il regarde Léa comme une inconnue. Il prend un air étonné.

> — Je n'attendais personne ! Qui êtes-vous ? Où est madame... ? Comment s'appelle-t-elle déjà ? s'interroge-

t-il en se grattant le haut du front. Et puis zut ! Impossible de me souvenir.
— Ce n'est pas grave ! reprend Léa d'un ton rassurant. Je suis Léa ! Je suis là pour m'occuper de vous pour quelques jours. Votre frère et sa femme sont partis pour New York. Le concert a lieu en fin de semaine !
— Le concert ? New York ! J'y suis allé tant de fois. La septième avenue ! Sa femme ?

Il se lève et s'approche de Léa. Il se met à rire nerveusement. Ses yeux deviennent exorbités. Il se raidit. Ses avant-bras sont collés contre son buste et il ferme les poings avec force. Léa exécute un petit pas en arrière. Raphaël reste trop près. Il est entré dans son espace vital.

— Sa femme ! Il n'en a pas ! Inès ! Inès ! C'est bien elle ! Ma femme ! Quel beau mariage ce fut ! Le château de *Roncabin* ! Vous connaissez ? Mon frère et ma femme ! Ma femme et mon frère ! La fête et le concert ! L'enfant et l'accident. Je dois travailler ! Travailler encore ! Ils ne seront pas contents !
— Calmez-vous, monsieur Raphaël ! continue Léa d'une voix apaisée.

Elle sent son cœur qui bat très fort dans sa poitrine. Elle prend sur elle et donne le change. Elle se montre sereine et tranquille. Elle ne comprend pas tout. Elle se dirige vers la porte en accompagnant son déplacement d'un geste de la main pour inviter l'homme à la suivre.

— Venez, monsieur Raphaël ! Suivez-moi ! Nous allons aller manger ! Vous allez prendre votre médicament. Venez avec moi.

Raphaël opine de la tête et emboîte le pas à Léa. Ils traversent le salon et se rendent ensemble à la salle à manger. Raphaël s'installe sur la chaise située devant le buffet. Il tourne le dos à la porte qui mène à la cuisine. Léa reste debout à côté de lui. Elle prend le verre dans lequel se trouve le médicament. Elle agite la cuillère pour mélanger la potion puis elle le lui tend. Il se saisit du verre et avale le contenu d'un coup. Il grimace et il repose le verre devant lui.

— C'est vraiment infect !

Léa part dans la cuisine et revient quelques secondes plus tard avec un grand plateau. Elle le met en bout de table et s'assoit à son tour. Elle écarte la serviette de l'assiette de Raphaël. Elle la remplit généreusement et se sert de même. Raphaël glisse la pièce de linge sur ses genoux et commence à manger. Après quelques bouchées rapidement avalées, il dévisage Léa.

— Je vous ai fait peur ? Je le sais ! Ne vous inquiétez pas. Je possède des petits moments d'égarements. Je ne suis pas méchant. D'après les médecins, je perds la mémoire. D'après eux, c'est de pis en pis.
— J'avoue ! opine Léa en regardant Raphaël.
— Le piano ! En revanche le piano, je ne l'oublie pas ! Je dois jouer ! Je dois composer sans arrêt. Les notes et la musique traversent mon cerveau comme un piano mécanique. Vous connaissez le piano mécanique ?
— Non ! Pas vraiment ! Je vois de larges cartons perforés et un mécanisme entraîné par une manivelle qui en déchiffre les notes. C'est ça ?
— Oui ! Bien vu ! lâche Raphaël. Il sourit. Vous savez ! J'étais un musicien très célèbre ! Maintenant, je ne suis plus qu'une ombre ! Un oubli ! J'ai joué dans tous les coins du monde ! Dans les plus belles salles de concert ! De Paris à New York ! De Montréal à Tokyo ! De Sydney à Moscou ! J'ai travaillé avec tous les plus grands jazzmen. Et même avec de grands orchestres de musique classique ! Vous aimez la musique ?

> — Vous savez ! Je suis plus « *musique électronique* » ! Mais bon ! J'essaie de m'intéresser à d'autres musiques. Dit-elle timidement.

Léa débarrasse les restes de la soucoupe de Raphaël et passe au plat principal. Elle dépose une assiette encore fumante devant lui. Il la regarde et d'un hochement de tête, il la remercie. Elle découvre un individu aimable et souriant. Mais son visage se montre dur par moment. Il est marqué. Il est usé comme celui d'un homme d'au moins vingt ans de plus. Il présente des traits tirés et ses yeux sont cernés. Ses cheveux auraient besoin d'une bonne coupe. Léa trouve ses mains très belles. Grandes et fines.

> — Inès et moi sommes mariés depuis... depuis... tout ce temps ! Charles est un peu plus jeune que moi. Avant, nous donnions des concerts ensemble. Nous adorions jouer tous les deux. Leur liaison a tout gâché !

Il s'arrête de manger et jette sa fourchette sur la table. Il prend la carafe d'eau et remplit son verre. Il boit d'un trait et s'essuie la bouche.

> — Depuis ce jour, je ne suis plus le même ! Et puis nous avons eu ce stupide accident ! Stupide ! Je m'en veux tellement ! Tellement !

Léa pose son regard sur lui. Elle aperçoit deux petites larmes au coin de ses yeux devenus rouges. Il penche la tête et fixe son assiette vide sans la voir. Il semble complètement perdu. Il est submergé par l'émotion et son corps est figé. Léa lui propose un dessert et un fruit, mais il ne répond pas. Il reste assis. Silencieux et immobile.

Elle se lève doucement et débarrasse la table. Elle saisit les deux anses du plateau et se rend à la cuisine. Elle s'active à tout ranger tout en croquant une belle pomme à pleines dents. Elle regarde le jardin à travers les petits carreaux de la fenêtre située au-dessus de l'évier.

L'hiver s'invite et frappe les vitres. Le vent tourbillonnant soulève et projette des gouttes d'eau et des feuilles mortes sur la maison. Léa entend le bruit des portes du garage qui battent et cognent contre le sabot. Les hautes branches du cèdre s'agitent aussi dans la tourmente. Elle repart dans la salle à manger avec deux tasses de thé bien chaudes.

— J'ai préparé du thé ! annonce-t-elle avec envie.

La pièce est déserte. La chaise de Raphaël est légèrement tournée et très reculée du bord de la grande table. La serviette est négligemment jetée sur le dossier. Léa continue vers le salon. Elle ne voit personne, mais la porte de la salle du piano est fermée et déjà des notes de musique se glissent entre le talon et le seuil.

Léa pose les tasses sur le meuble bas et se laisse tomber dans l'un des canapés. Elle écoute avec attention. Elle respire profondément et souffle doucement dans sa chope. Elle la porte à ses lèvres et savoure son breuvage et sa légère amertume. Elle pense à la petite discussion qu'elle a eue avec Raphaël et se sent un peu soulagée. Elle se détend et profite de la musique juste entrecoupée par des instants de silence et la voix de l'artiste. Il propose tantôt des fulgurances colériques et tantôt des inspirations murmurées.

Léa reste là pendant une bonne heure. Elle se décontracte et écoute le concert. Elle finit par se lever. Elle prend les deux tasses et repart dans la cuisine. Elle les dépose sur le plan de travail. Elle remet de l'ordre dans la salle à manger. Elle récupère la clé du secrétaire afin d'y ranger le flacon de médicament.

Léa trouve singulière cette armoire à pharmacie. Elle bascule la tablette et découvre les multiples tirettes et les minuscules casiers. Elle place la fiole à l'endroit précis où elle l'a pris la première fois. Elle cherche un peu les ordonnances pour le remède comme on le lui avait appris dans sa formation professionnelle.

Elle a beau ouvrir tous les tiroirs, elle ne déniche rien. C'est d'autant plus étrange que les étiquettes des flacons sont écrites à la main. Elle a déjà vu ça à la vieille pharmacie du Mail. C'est une petite officine située dans la ville médiévale. Elle est sombre et encombrée. Elle semble d'une autre époque, mais résiste au temps. Elle est tenue par un homme âgé et voûté qui n'entend plus grand-chose. Elle se rappelle y être allée un jour. C'était un lendemain de fête. Elle s'y est précipitée pour y récupérer en urgence un remède contre le mal de tête. Elle se demande si la boutique existe encore.

Elle continue un peu à fouiller le petit meuble. Elle ne trouve que flacons et documents manuscrits. Elle en parcourt rapidement le contenu. Elle a l'impression de lire des recettes de cuisine. Au dos de certains feuillets, elle distingue des dessins de plantes et sur d'autres des schémas.

Ce qui paraît sûr pour Léa c'est que ce sont des écrits de pharmacologie et de « *biologie moléculaire* ». Une de ses amies qui s'essaie aux études de médecine encombre souvent son lit et son meuble de chevet de ces dessins incompréhensibles. Léa remet tout en place et referme la tablette. Elle repose la clé dans sa cachette au milieu de la grande table.

Dehors, le vent balaie toujours le jardin et laisse parfois la pluie frapper les vitres. Léa a du temps devant elle. Elle s'assure que Raphaël demeure dans le salon de musique et elle s'installe dans la pièce d'à côté. Elle s'empare de son téléphone et appelle un à un les amis de la veille pour prendre de leur nouvelle et réaliser un bilan sur la dernière soirée. Elle en profite pour décrire le cadre de sa nouvelle mission. Elle est allongée sur le canapé. Elle tient son mobile d'une main et de l'autre elle fait passer entre ses doigts sa petite natte.

Rassurée et heureuse de parler à ses proches en ligne, elle se détend un peu plus. Si la cheminée ne semble pas fonctionnelle, une douce chaleur, diffusée par de robustes radiateurs en fonte, règne dans le salon et dans les diverses pièces de la maison.

Quand Léa a épuisé son répertoire, elle jette son appareil sur l'assise confortable du fauteuil et allume le grand téléviseur. Elle saute rapidement d'une chaîne à l'autre sans pouvoir fixer son attention sur un programme. Elle règle le volume de façon à entendre tout ce qui se passe dans la salle voisine. Elle est bien calée sur les moelleux coussins du canapé. Elle se laisse doucement, et avec délectation, glisser vers le sommeil.

Des fenêtres coulent une lumière blafarde filtrée par les nuages gris qui encombre le ciel.

La chute d'un objet sur le sol réveille Léa brutalement. Elle a vraiment eu peur. Son cœur s'est emballé d'un coup. Le son est venu de la salle d'à côté. Elle se lève et fonce vers le salon de musique. Elle saisit les poignées rondes et ouvre ensemble les deux battants. Elle prend en pleine figure le vent froid qui s'est engouffré dans la pièce par la porte vitrée grande ouverte. Des partitions et des papiers volent autour d'elle. Elle aperçoit le pupitre renversé qui gît au sol. C'est la source du bruit violent qui a réveillé Léa.

Raphaël n'est plus là. Elle se précipite vers l'ouverture béante pour la refermer. Elle voit le musicien debout et immobile dans le jardin près du muret de pierre. Il regarde fixement le ciel noir qui descend vers la vallée. Avec la pluie et le vent, il ne bouge pas. L'eau imprègne ses cheveux longs et finit par dégouliner sur son visage. Ses vêtements sont déjà trempés. Le temps de cette fin d'après-midi s'est encore obscurci. Léa emprunte les quelques marches du perron et court vers Raphaël.

— Vous allez attraper froid ! Venez avec moi ! Rentrons vite !

Léa saisit Raphaël par le bras et le tire vers la maison. Elle sent une petite résistance, mais en définitive il se laisse faire et la suit vers la demeure. Une fois à l'intérieur, elle referme la porte et tourne le verrou. Elle défait le lourd rideau. Raphaël s'est assis sur une chaise. Elle se fraie un chemin entre les feuillets et les partitions qui jonchent le sol. Elle redresse le pupitre et se poste devant l'entrée du salon. Elle se retourne et regarde Raphaël.

— Je reviens tout de suite ! Je monte chercher quelques serviettes ! Ne bougez pas !

Il ne réagit pas. Elle monte les escaliers rapidement en sautant les marches de deux en deux. L'eau qui ruisselle le long de sa tresse lui coule dans le cou. Elle ouvre la salle de bain, prend deux grandes serviettes et un peignoir en coton épais et bouclé. Elle redescend aussi vite et file dans la pièce de musique. Raphaël n'a pas bougé. Il s'est un peu recroquevillé et il frissonne. Elle déploie un linge sec sur ses épaules et commence à lui frotter le dos. Avec une autre, elle lui essuie les cheveux.

— Tenez ! Mettez ce peignoir ! On va aller vous changer !

Elle lui prend le bras et le lève. Elle lui enfile le peignoir. Elle remonte le col moelleux autour de son cou et l'entraîne vers la pièce voisine. Il ne dit rien et se laisse faire. Ils traversent le salon et le vestibule avant de grimper l'escalier. Ils entrent dans la chambre de Raphaël. Elle l'assoit sur le lit et défait la ceinture de la sortie de bain. Elle lui ôte ses chaussures, ses vêtements mouillés et l'essuie vigoureusement.

— Vous vous êtes mis dans un bel état ! Quelle idée de sortir ainsi avec ce temps ! Vous pouviez mettre un imperméable ! Vous auriez pu me demander !
— Je... je ne m'en suis pas rendu compte ! déclare-t-il d'un air confus. J'avais comme des bouffées de chaleur. J'étais oppressé. Je devais sortir ! Je ne sentais

même pas la pluie ! Merci à vous ! Je vais trouver des vêtements secs !

Léa avec deux serviettes mouillées dans les mains se recule doucement. Elle est surprise de la lucidité de Raphaël. Elle se retourne et sort de la chambre. Elle jette les tissus trempés dans le panier à linge de la salle de bain puis descend l'escalier.

Elle revient dans le petit salon et commence à remettre un peu les objets en place.

— Laissez ça ! Je vais tout ramasser ! propose Raphaël en entrant dans la pièce. Vous voyez ! J'ai trouvé de nouveaux vêtements et me voici ! enchaîne-t-il tout sourire.
— Bien ! répond Léa. Je vous laisse ce bazar !
— Après, voulez-vous que je vous joue un morceau ?
— Pourquoi pas ? Mais je ne connais rien à cette musique ?
— Pas besoin de « *connaître* », juste sentir !
— D'accord !

La mémoire du cœur

Léa repose les feuilles sur la petite table et s'assoit dans le fauteuil crapaud du fond de la salle. Elle regarde d'un ton amusé Raphaël qui s'active à rassembler partitions et notes manuscrites. La scène dure quelques longues minutes tellement le vent a semé le désordre dans la pièce.

Raphaël porte un pantalon de toile noire, un teeshirt blanc et un pull fin moulé en cachemire gris. Il se montre très élégant, mais il lui manque juste des chaussettes et des chaussures. Il met tous les documents sur le couvercle du piano puis il s'assoit devant l'instrument.

Il ajuste le petit banc. Il se redresse et inspire profondément. Il pose ses deux mains sur les touches. Il passe ses paumes au-dessus du clavier et caresse les touches avec ses doigts. Il élève ses mains au niveau de son visage et commence à jouer. Sa main gauche semble entraîner le chant de la main droite. Raphaël relève et balance sa tête au rythme de ses mains.

Il ferme les yeux. Léa est fascinée par le jeu du pianiste. Au début, elle se laisse envelopper par la douce mélodie, mais très vite elle ressent les cris, les plaintes et la souffrance qui naît des notes offertes par Raphaël. La musique peut s'avérer belle quand elle apparaît triste.

Léa s'abandonne sans beaucoup résister à la mélancolie. Elle se recroqueville sur elle-même. Elle pose sa tête sur ses genoux repliés et ferme les paupières. Deux petites larmes éclosent au creux de ses yeux et se faufilent jusqu'à ces longs cils.

Elle pense à sa mère.

Elle était partie de la maison un soir d'été pour la laisser, elle et son père, sans un mot et dans un vide sidéral et assourdissant. Elle avait presque cinq ans. Elle revoit son papa, violent et triste, sans arrêt à la recherche d'un signe ou d'une réponse. Employé dans un atelier de pièces automobiles, il s'était emprisonné dans son travail et le silence. Il subissait sans cesse les brimades et les moqueries de ses compagnons de labeurs.

Mais ça ne suffisait pas. Il essuyait également les vexations de son patron ventripotent et hargneux. Léa se souvient qu'elle avait beaucoup pleuré. Elle avait grandi trop vite et elle était partie trop tôt de sa maison. Son père était complètement démuni face à elle. Il ne savait pas quoi faire devant cette petite femme en miniature qui ressemblait tant à sa compagne. Il avait bien essayé, mais la douleur de l'absence semblait trop forte. Il était accablé par le chagrin.

Les mots lui manquaient. Il hurlait souvent. Il frappait parfois. Léa avait trouvé un peu de soutien et de réconfort à l'école primaire. Elle avait gardé un souvenir attendri de son instituteur de cours moyen. Les années collège étaient passées comme une longue sortie en mer avec des coups de vent, des tempêtes et des zones tranquilles et calmes. Après plusieurs établissements, elle se souvient du lycée technique qu'elle avait abandonné dès ces dix-huit ans pour un squat et des frères de tristesse. Elle voit encore son père qui, hurlant et maladroit, tentait de la retenir. Elle revoit tous ces petits boulots pour gagner juste de quoi s'échapper un peu d'un monde sans avenir. Elle gardait un peu d'argent pour ne pas mourir de faim quand ses compagnons, parfois agressifs et violents, ne lui soutiraient pas tout.

Léa se retrouvait tous les soirs dans la chaleur et les rires des fêtes et des concerts improvisés. Elle louvoyait entre fumées et alcool puis elle se réveillait au matin sur un matelas pouilleux au milieu d'un bâtiment déserté, froid, humide et ouvert à tous les vents.

Les larmes glissent sur ces joues. Elle plisse un peu plus ses yeux fermés.

Elle revoit ce jour de janvier où la neige collait au sol. Les plastiques éventrés fixés aux fenêtres brisées claquaient sous le vent glacial. Ils étaient peut-être dix. Ils vivaient terrés comme des insectes. Ils survivaient d'expédients. Ce matin-là, elle avait pris ses affaires et elle avait définitivement quitté la vieille fabrique abandonnée.

Seule dans le centre-ville, elle se souvient de Nicole. Une dame dynamique et joyeuse qui lui avait ouvert sa porte sans rien demander. Ce jour d'hiver, elle avait trouvé un peu de chaleur humaine et un repas. Léa avait retrouvé une partie de dignité avec l'aide de cette âme généreuse.

Elle ne veut pas trop se remémorer les périodes très dures du sevrage.

Nicole était restée auprès d'elle tout le temps nécessaire. Dans son modeste appartement, elle avait aménagé son bureau en chambre. Il y eut beaucoup de crises et de colères. Il y eut encore plus de rires, de tendresse et d'amour. Léa avait grandi. Grâce à Nicole, elle avait retrouvé la force de suivre une formation et de trouver du travail.

Les larmes salées mouillent ses lèvres et terminent dans sa bouche. Elle revoit les couloirs de l'hôpital. Elle se souvient parfaitement de la teinte lavande du papier peint de la chambre de Nicole.

Elle gisait là. Allongée sur ce lit. Couchée sur le côté. Un de ses bras sortait sur les draps. Il s'étirait le long de son corps. Une perfusion y était plantée. Le foulard aux couleurs vives que Léa lui avait offert lui couvrait la tête. Elle avait perdu sa belle chevelure blanche depuis longtemps.

Léa s'était assise tout près d'elle et lui avait pris la main. Très faible, Nicole avait encore trouvé la force d'ouvrir un peu ses yeux creusés et cernés. Léa y avait vu toute la douleur qu'endurait Nicole. Pourtant, elle souriait. Silencieuse. Elle ne pouvait plus parler. Elles étaient restées là toutes les deux une éternité. Une vie. Léa sentait la peau fine et transparente de la malade. Jusqu'au moment où, d'un seul coup, la main de Nicole s'était relâchée. Elle était partie un après-midi de mai.

— Alors ? Comment avez-vous trouvé ça ? interroge Raphaël.

Léa se redresse et essuie rapidement ses larmes d'un revers de la main. Elle regarde le pianiste.

— C'était très bien ! Je me suis laissé transporter ! Merci.
— Il manque encore quelque chose à ce thème ! Je vais trouver ! Je dois me remettre au travail.

Léa comprend tout de suite qu'elle doit le laisser travailler. Elle se lève et traverse la pièce. Elle referme les deux portes. Elle passe le salon et la salle à manger. Elle entre dans la cuisine.

La nuit est tombée et le vent souffle toujours. Léa entend très nettement le bruit de la pluie qui martèle les pierres du perron. Elle regarde par la fenêtre les rameaux du grand cèdre qui s'agitent dans le vent. L'éclairage urbain de l'autre côté du mur d'enceinte diffuse une clarté blafarde et projette l'ombre des hautes branches depuis la pelouse jusqu'à la façade. Des traits de pluie fins et lumineux tombent en rafale. Elle reste là à contempler le parc pendant de longues minutes.

Tout en regardant à l'extérieure, elle termine de rincer les tasses. Elle met en marche le lave-vaisselle puis elle se lance dans la préparation du dîner. La chose s'avère facile, car tout est déjà cuisiné et planifié. Elle allume le four et règle le thermostat.

Entre le ronronnement et le souffle des appareils ménagers, elle se dit qu'un petit verre resterait le bienvenu.

Elle entre dans le cellier et ouvre l'armoire à vin. Elle prend la première bouteille à sa hauteur.

— « Le Paradis » ! déchiffre-t-elle sur l'étiquette.
— C'est exactement de ce breuvage dont j'ai besoin !

Elle referme les portes de la cave à vin et celle du local. Elle pose le flacon sur la table de chêne et récupère un tire-bouchon. Elle extrait avec difficulté le bouchon de liège. Elle attrape un verre suspendu au portant de fer et le remplit généreusement du divin nectar.

Elle soulève la coupe au niveau de ses yeux. Le liquide présente une belle robe jaune pâle. Elle descend le verre jusqu'à ses lèvres et avale d'un seul coup une bonne gorgée. Elle plisse un peu son nez court et mince quand, dans sa bouche, le liquide révèle son bouquet minéral de fleurs blanches. Des saveurs d'agrumes lui montent au palais lorsqu'elle ingère la boisson.

Un beau sourire illumine son visage. Elle s'assoit, met la coupe sur le bar et connecte son appareil portable. Elle consulte ses messages et en écrit plusieurs avec dextérité. Elle alterne rédaction et dégustation. Après une bonne dizaine d'envois et plusieurs rasades, Léa repose son verre, son téléphone et termine la préparation du repas. Elle installe tout sur le plateau qu'elle amène dans la salle à manger. Avant d'aller chercher Raphaël, elle concocte le remède selon les prescriptions de la femme de l'artiste.

Léa s'approche doucement de la porte de la pièce au piano et saisit les poignées rondes. Elle colle son oreille sur le panneau de bois. Elle n'entend pas de musique, mais des bruits de papier. Elle lâche un des boutons et frappe délicatement.

— Monsieur Raphaël ! Je ne vous dérange pas ? Je peux entrer ?

— Qui est là ? C'est vous, madame Sansouci ?
— Non, monsieur Raphaël, c'est Léa ! Je remplace madame Sansouci.

Léa garde encore une main sur l'un des boutons de porte quand celle-ci s'ouvre d'un coup. Son bras est tiré brusquement vers l'avant jusqu'à ce qu'elle lâche prise. Elle est complètement déséquilibrée.

Raphaël vient d'ouvrir en grand les deux battants de la double porte. Il se trouve nez à nez avec Léa. Elle est presque pliée en deux et elle regarde Raphaël avec stupeur.

— Léa ? C'est vous ? On se connaît ? Où est madame Sansouci ? Où sont Inès et Charles ? Je joue ce soir ! Je dois mettre mon costume et mes chaussures !

Léa se redresse et rattrape Raphaël au pied du grand escalier.

— Vous n'avez pas de concert ce soir, monsieur Raphaël ! Inès et Charles sont partis pour New York ce matin ! Je remplace madame Sansouci. Venez avec moi ! Nous allons prendre votre traitement et dîner !

Raphaël regarde Léa avec de gros yeux désorientés. Il lâche la rampe et s'assoit sur les marches. Il soupire et prend sa tête entre ses mains.

— New York ! *Canergie Hall* ! Le foyer est tellement beau ! C'est un mélange équilibré de pierre claire et un crépi blanc ! Le plafond est voûté. Des piliers corinthiens dessinent une frise continue ! Blanc et or ! C'est magnifique ! La salle est pourvue de sièges de velours rouges ! Et les travées ! Rouges ! Elles aussi ! Et le son ! Le son !
— Venez, monsieur Raphaël ! Nous allons prendre le dîner.

Léa pose doucement sa main sur l'épaule de Raphaël. Elle le tire vers elle. Il se laisse faire et se redresse. Il paraît plus grand. Il est fier. Ils traversent tous les deux l'entrée et le salon. Elle installe Raphaël devant l'immense table de la salle à manger. Il a l'air préoccupé.

Ses mandibules s'activent nerveusement et déforment légèrement ses joues. Son front est ridé. Ses yeux regardent dans le vide et fixent le vase au centre. Léa dispose le couvert en face de lui. Elle lui tend le verre avec son traitement. Il saisit le gobelet machinalement avec ses deux mains et avale d'un trait le contenu. Il ne montre aucun rictus et aucune grimace ne vient tordre son visage.

Léa part dans la cuisine récupérer les plats. Il ne bouge pas et il ne parle pas. Léa le sert et lui met sa fourchette entre les doigts.

— Vous devez manger, monsieur Raphaël ! Si vous voulez, je vous aide !

Raphaël tourne sa tête vers Léa. Il change son couvert de main et sourit.

— Je sais qui vous êtes, vous savez ! Inès et Charles sont partis ! Lui joue en fin de semaine ! Madame Sansouci est je ne sais où ! Vous vous appelez Adèle ! Vous voyez !
— Léa !
— Léa ! C'est bien ça que je voulais dire !

Léa le fixe avec indulgence. Il a l'air un peu vexé. Il plonge son regard dans son assiette et mange avec appétit. Il reprend deux fois du plat principal. Léa s'est installée à côté de lui et se force à avaler un peu de nourriture. Ils n'échangent pas grand-chose pendant le repas.

Les seuls sons que l'on entend restent les mouvements des couverts sur la porcelaine. Pour finir, Raphaël attrape une belle pomme et croque dedans à pleine dent. Il jette le trognon dans son écuelle et s'essuie vigoureusement la bouche. Il repousse sa chaise vers l'arrière avec ses pieds et se lève.

— Merci pour le dîner ! Je vais au salon !

Il quitte la pièce sous les yeux de Léa qui termine son fromage. Elle se retrouve seule autour de la grande table. Elle n'attend pas longtemps avant d'entendre le son sourd et lointain de la télévision. Elle finit tranquillement son repas en épluchant une belle mandarine.

Du bout de ses doigts, elle fend la peau rugueuse de l'agrume. L'effet s'avère immédiat et dans l'atmosphère se dégage des fragrances hespéridées qui montent aux narines de la jeune femme. Elle détache en douceur les coussins un à un. Elle met successivement les éclats dans sa bouche et les écrase entre son palais et sa langue. Le jus parfumé et sucré qui s'en échappe se révèle très peu acide.

Dans la salle voisine, la télé s'est tue pour laisser place à un air d'opéra. Le volume devient maintenant nettement plus fort et se diffuse dans toutes les pièces de la maison. Un air pour soprano. Une respiration naïve et touchante :

« O mio babbino caro
Mi piace, è bello, è bello
Vo' andare in Porta Rossa
a comperar l'anello !
Sì, sì, ci voglio andare !
e se l'amassi indarno,
andrei sul Ponte Vecchio,
ma per buttarmi in Arno !
Mi struggo e mi tormento !
O Dio, vorrei morir !

> *Babbo, pietà, pietà!*
> *Babbo, pietà, pietà!*[1]

Léa ne connaît pas cette musique, mais la voix qui résonne dans la maison pénètre tout son corps. Le chant traverse sa peau et se blottit dans son cœur. Elle perçoit toute la douleur de cette femme qui clame son désespoir. Elle reste assise et frissonne jusqu'à ce que l'air se termine. La plainte de l'interprète disparaît très doucement derrière les violons.

Léa met un peu de temps avant de reprendre le contrôle. Elle se lève encore envoûtée par cette musique et débarrasse la table.

Cette chanson persiste dans sa tête. Elle range la cuisine et revient au salon avec ce petit « *ver d'oreille* » qui ne la lâche plus. À part ça elle n'entend plus aucun bruit. Raphaël est affalé sur l'un des canapés et lit des partitions. Elle s'installe en face de lui et regarde l'heure sur son portable. Lui ne semble pas remarquer sa présence. Il tient les feuillets dans une main et il effectue de grands gestes avec l'autre tout en murmurant la bouche fermée. Après avoir parcouru plusieurs pages, il se redresse et tourne sa tête vers Léa.

— Lauretta ! Lauretta chante son désespoir ! Elle pourrait perdre l'homme qu'elle aime ! Les tourments, les tensions, les jalousies et les faux-semblants !

Il marque une pause.

— Famille ! Que suis-je devenu ? reprend-il d'une voix de plus en plus faible.

Raphaël s'allonge sur le sofa et continue sa lecture. Léa le regarde ; perplexe. Ils restent ainsi un moment. Un instant suspendu. Quand Raphaël termine le déchiffrage de la dernière page, elle le voit se lever et se diriger vers le salon de musique. Il

---

[1] Gianni Schicchi (1918) – Giacomo Puccini

a l'air préoccupé. Il pose les documents sur le piano et sort un crayon de sa poche. Il annote visiblement les partitions.

Il est tellement absorbé par son travail que Léa n'ose pas l'interrompre pour lui indiquer qu'il doit aller se coucher. Elle se dit qu'après tout, sa femme Inès et son frère Charles se trouvent à des milliers de kilomètres et qu'il peut en profiter un peu, car la vie à la villa Chanteclair ne semble pas laisser place à l'improvisation.

Elle se saisit de la commande et allume le téléviseur en prenant bien soin de baisser le son pour ne pas déranger l'artiste. Elle défait ses chaussures. Confortablement installée dans le canapé, Léa passe différentes chaînes sans arriver à fixer son attention sur un programme. Elle hésite puis finalement opte pour un divertissement sans intérêt, mais hypnotique. Elle finit par s'assoupir.

Dans cet état de somnolence, elle sent son épaule bouger. Quand elle ouvre les yeux, Raphaël se trouve à côté d'elle.

— Je vais aller me coucher! murmure-t-il. Je vous souhaite une bonne nuit... Léa!

Léa mal réveillée se redresse et enfile rapidement ses chaussures.

— Heu! Oui! C'est bien! Vous avez besoin de quelque chose?
— Non! Non! Je vous remercie. J'ai bien travaillé, je crois. Je suis épuisé. Je monte! À demain!

Cauchemar à l'étage

Léa regarde Raphaël tourner les talons et partir vers l'escalier. Elle coupe les images du téléviseur muet. Elle va jusqu'à la cuisine et vérifie que les portes soient bien fermées et que les lumières soient éteintes. Elle réitère l'opération dans la pièce de musique. La baie vitrée qui donne sur le jardin était restée ouverte. Elle recommence la même manipulation dans le salon puis elle monte les marches qui mènent à l'étage.

Elle traverse le long couloir. Devant la chambre de Raphaël, elle ralentit le pas et se dresse sur la pointe des pieds. Un rai de lumière passe sous la porte. Elle tend l'oreille pour s'assurer que tout va bien puis elle continue vers ses appartements. Elle entre et referme derrière elle.

Dans la pénombre de la pièce tout juste éclairée par la lueur lointaine du lampadaire de la rue, elle se déplace à tâtons vers le lit pour récupérer l'interrupteur de la lampe de chevet. Elle se heurte au petit meuble, mais finit par l'empoigner. Elle ouvre son sac et extrait un pyjama de coton gris chiné. Elle saisit et pose son portable sur la modeste table.

Debout, elle retire ses chaussures l'une après l'autre en bloquant le talon du pied opposé. Elle se déshabille promptement et enfile sa tenue de nuit. Elle ne défait même pas sa natte.

Elle passe rapidement dans le cabinet de toilette attenant pour se jeter de l'eau sur le visage et se laver les dents. Avant de se mettre sous l'édredon, elle écoute la maison. Couchée dans le lit, elle attrape son portable, règle son réveil et envoie une nouvelle série de messages. Elle le pose sur la tablette puis éteint la lumière. Elle ne s'enfonce pas immédiatement sous la couette. Dehors, le temps s'est un peu calmé. Léa entend le bruit de la demeure qui s'égoutte.

Elle ne trouve pas le sommeil tout de suite. Elle se repasse en boucle le film de la journée. À l'extérieur, le son des gouttes d'eau qui descendent du toit et rejoignent les flaques du perron s'estompe peu à peu. Elle glisse complètement sous l'épais édredon.

Vers le milieu de la nuit, Léa se réveille en sursaut. Elle sent dans l'obscurité une présence à côté d'elle. Elle est allongée sur le ventre. Elle n'ose plus respirer. Son cœur résonne jusqu'à ses tempes. Elle passe doucement sa main hors des draps et essaie d'attraper l'interrupteur de la petite lampe. Elle le trouve en suivant le fil du bout de ses doigts. Elle actionne le bouton et se retourne d'un seul coup. Elle est aveuglée un instant par le brutal jet de lumière. Elle plisse les yeux. Ils sont encore embrumés de sommeil. Raphaël se tient au pied du lit. Il a l'air apeuré. Léa est furieuse.

— Monsieur Raphaël ! Vous m'avez fait une peur bleue ! Vous ne pouvez pas entrer de cette manière dans ma chambre !
— Il... il est revenu ! Je l'ai vu ! Je l'ai vu ! Là ! Dans ma chambre ! Je suis un misérable !
— Tout va bien, monsieur Raphaël ! Calmez-vous ! De qui parlez-vous ?

Léa regarde Raphaël. Ses cheveux sont ébouriffés. Son front est couvert de sueur. Ses yeux effarés. L'un des pans de sa chemise de nuit dépasse de son pantalon. Léa dégage le drap et se lève avec agilité. Elle s'approche de Raphaël et lui prend les poignets.

— Venez vous asseoir un instant ! Voulez-vous un verre d'eau ?

Raphaël acquiesce d'un regard et se laisse faire. Il s'assoit au bord du lit. Il tremble. Il soulève à peine son visage et jette une œillade suppliante à Léa. Elle lui lâche la main délicatement. Il agite un peu la tête.

— Je sais qui vous êtes, vous savez ! Je ne suis pas fou ! Je l'ai bien vu ! Là ! tout prêt de mon lit !
— Ne bougez pas ! Je reviens !

Léa se rend dans la salle de bain et revient avec le verre d'eau qu'elle tend à Raphaël. Il saisit le gobelet, avale le contenu d'un coup et redonne le récipient à Léa. Elle le pose sur le petit bureau de la chambre puis elle revient près de lui.

— Racontez-moi ! Vous avez fait un cauchemar ! Qui était là ? De qui parlez-vous ?

Raphaël se redresse un peu. Il s'essuie les lèvres. Il prend une mine penaude. Il réajuste sa chemise de nuit puis il se passe la main dans les cheveux. Il regarde Léa d'un air à peine plus apaisé.

— Vous êtes Léa ! N'est-ce pas ? Vous remplacez madame Sansouci !
— Oui ! Oui ! s'impatiente Léa en se tordant la bouche.
— Je me suis endormi facilement tellement j'étais épuisé ! J'avais bien travaillé ! Ils seront contents de moi ! Il me reste à reprendre un peu la structure harmonique, mais je pense que le plan mélodique est intéressant ! Encore que...
— La musique maintenant ! Monsieur Raphaël ! Qui avez-vous vu ?
— Ha ! Oui ! Heu ! Bon ! Je me suis endormi en jouant ma musique ! Vous savez ! Un temps calme ! Suspendu ! Aérien ! Et puis tout s'est mélangé avec les gouttes de pluie au-dehors ! Plic ! Ploc ! Plic ! Ploc ! Ma musique noyée ! Ma musique effacée ! Après je ne me souviens plus de rien !

- C'est tout ! Et qui était dans votre chambre ! Qu'est-ce qui vous effraie autant ?
- Ha ! Oui ! L'accident ! Je conduisais ! Un soir d'hiver pluvieux, nous revenions d'une réception. Inès était à côté de moi et Charles se tenait derrière. Vous connaissez ma femme et mon frère ? Ils sont à...
- Oui ! Oui ! Je sais ! Voilà pourquoi je suis là !
- J'ai parfois du mal à me souvenir ! Nous empruntions le quartier des « Marronniers » quand soudain il a traversé devant la voiture ! Il courrait après son ballon ! J'ai vu son visage dans les phares ! J'ai freiné et donné un coup de volant ! Après... je ne me souviens de rien ! Je vous jure, monsieur le juge ! C'était un accident ! Un accident !

Léa regarde Raphaël. Il joint ses deux mains comme pour une prière. Il bouge ses mains serrées d'avant en arrière. Il paraît ailleurs. Comme transporté.

- C'est l'enfant que vous avez vu ? C'était donc bien un mauvais rêve !
- Oui ! Je crois ! Il se tenait à côté de mon lit ! J'ai vu son visage couvert de sang ! Il portait son ballon dans sa main et bien calé sous son bras. Avec l'autre main, il tendait son index vers moi ! Il pleuvait sur son visage d'enfant défiguré. Il avait l'air si triste ! L'eau et le sang ruisselaient le long de son corps ! Une mare rouge ! Elle grandissait autour de lui et autour de mon lit !
- Calmez-vous, monsieur Raphaël ! Tout va bien ! Je suis là !

Elle regarde le pauvre homme tremblotant assis sur son lit. Elle s'approche de lui et lui prend les deux mains.

- Venez, monsieur Raphaël ! Je vous reconduis à votre chambre ! Tout va bien maintenant !

Elle amène les mains de Raphaël vers elle pour le tirer et l'aider à se lever. Il se met debout avec peine. Il semble tout petit et frêle. Léa trouve que son partenaire de danse paraît un brin fébrile. Le duo exécute quelques pas jusqu'à la chambre de Raphaël. Il se cramponne avec force aux mains de Léa. Il est un peu arqué comme un vieux perclus de douleurs. Il marche avec difficulté.

À l'entrée de la pièce, elle actionne l'interrupteur et accompagne Raphaël près du lit. Il s'y assoit sans résister puis il se retourne, s'allonge et se recroqueville. Elle attrape les draps et les couvertures pour les poser avec délicatesse sur lui. Elle effectue le tour de la couche et ajuste le linge de lit.

Tout à coup, elle se rappelle un élément du petit carnet rouge concernant les fréquents réveils nocturnes de Raphaël, mais elle ne se souvient pas de tout. Elle le regarde. Il apparaît calme.

— Vous voyez ! Il n'y a personne ici ! Je vais chercher quelque chose en bas, mais je reviens tout de suite !

Avant de sortir, Léa effectue un contrôle de la pièce. Elle ouvre les armoires et les tiroirs. Elle fouille dans tous les coins de la chambre. Elle inspecte la fenêtre et tire le lourd rideau. Au fond, elle repère une porte fermée qu'elle n'arrive pas à faire bouger. Elle s'y reprend plusieurs fois, mais elle ne parvient pas à la débloquer. Elle n'insiste pas et laisse la petite lumière de chevet allumée.

Elle descend l'escalier et va droit au salon. Elle récupère le carnet rouge. Elle le feuillette jusqu'à trouver l'information qu'elle cherche.

— J'y suis !

Elle lit à voix basse.

— « *Raphaël fait de fréquents cauchemars. Dans ce cas, n'hésitez pas à lui donner deux cuillères à soupe du sirop dans la bouteille bleue* ». La bouteille bleue ? Allons-y !

Léa traverse le salon et entre dans la salle à manger. Elle reprend la clé et ouvre le secrétaire à médicaments. Elle trouve facilement le flacon approprié. Elle déchiffre dessus le même genre de vignette que pour l'autre traitement. Une petite étiquette d'écolier sur lequel on a écrit en belle lettre cursive et à l'encre noire : « *Atropa Belladonna* ».

Elle récupère une cuillère à soupe dans la cuisine puis elle retourne dans la chambre de Raphaël. Il n'a pas bougé. Léa pense un instant qu'il s'est endormi, mais en s'approchant, elle remarque ces grands yeux éveillés. Elle s'avance doucement.

— Monsieur Raphaël ! Prenez ça ! C'est un sirop qui vous aidera !

Il se tourne et s'assoit contre la tête du lit. Il ouvre la bouche sans rechigner et avale le contenu des deux cuillerées de sirop que lui tend Léa.

— Parfais ! Maintenant, vous devez dormir ! Je suis à côté ! Appelez avant de débarquer ainsi dans ma chambre ! Allez ! Bonne nuit !
— Merci ! Je vais déjà mieux ! Pouvez-vous mettre en route le lecteur de musique ? Je voudrais m'endormir avec quelques notes et me laisser glisser sur les portées !

Léa s'exécute puis sort de la pièce. Elle tire la porte en la gardant entrouverte puis descend pour ranger le médicament. Elle remonte et en passant devant la porte de Raphaël elle se dresse sur la pointe des pieds sans faire de bruit et écoute. Elle n'entend que quelques notes de piano. Elle entre dans sa chambre et ferme la porte. Elle se recouche et regarde son téléphone portable.

Plusieurs messages s'affichent à l'écran. Ce sont ces amis qui regrettent de ne pas la voir. Inès a également envoyé un petit texto très succinct : « *Avion à l'heure. Arrivée à New York vers huit heures. Appellerons demain matin. Inès* ». Léa trouve ça un tantinet court et un peu méprisant. Elle désactive son appareil avant de le poser.

Elle éteint la lumière. Un air de piano léger et lointain l'enveloppe dans un cocon douillet. Son lit est bercé par la musique. Comme l'enfant s'endort hypnotisé par un mobile mélodieux et coloré. Rassurant.

Fugue en mémoire

Le son tonitruant du réveil se met en route avant que le jour ne se lève. Dehors, il pleut. Encore. Léa entend le bruit de la pluie qui frappe les volets. Elle est aussi fatiguée que la veille. La nuit s'est finalement révélée trop courte. Elle ne se souvient pas avoir rêvé. Elle n'a pas tout à fait récupéré de la coupure inopinée de son sommeil. Elle n'a vraiment pas envie de se lever.

C'est un de ces jours où le soleil traîne ; où la nuit n'en finit pas. C'est un jour à se demander si, en fin de compte, la lumière du jour apparaîtra. Léa se résout tant bien que mal à sortir du lit. Elle allume la petite lampe. Elle fonce directement à la salle de bains. Dans la chambre, il fait bon et le sol, sous ses pieds nus, n'est pas du tout froid.

Dans son appartement en ville, elle n'utilise presque pas les radiateurs. L'intérieur y demeure humide et glacial en cette saison. C'est une épreuve pour aller effectuer sa toilette tellement le revêtement du plancher est gelé. Là, dans cette grande maison, elle n'a pas de problème pour marcher pieds nus. Léa reste quand même un long moment sous la douche presque brûlante.

Elle a défait sa tresse et en profite pour se laver la tête. Elle les trouve complètement filasse et abîmés. Elle prend son temps pour s'occuper un peu d'elle. Elle essuie ses cheveux puis elle les attache ensemble pour former une courte queue de cheval. Elle se passe, avec délicatesse, de la crème de soins sur le visage pour adoucir sa peau sèche et maquille très légèrement ses yeux. Elle aimerait cacher toutes les marques de fatigue. Elle sourit en pensant à ses proches qui ne cessent de se moquer de son côté nature et sans fard.

Assise sur le petit tabouret à côté de la vasque, elle regarde ses ongles de pieds puis ceux de ces mains. Elle se dit que, finalement, ils n'ont pas besoin d'entretiens supplémentaires. Une de ses amies l'avait traînée il y a peu de temps dans un salon spécial pour la manucure. Elle avait trouvé ça bien, mais pas de quoi en garder une habitude.

Dans la chambre, Léa sort des vêtements de son sac et s'habille rapidement. Elle tire le rideau et ouvre la fenêtre. Elle décroche et pousse les volets. Elle relève les arrêts pour les bloquer. Le jour se fait attendre. Le vent rabat la pluie vers l'intérieur de la pièce. Elle ferme les battants.

Elle met un peu d'ordre avant d'emprunter le couloir qui dessert tout l'étage. Elle attrape la rampe de bois précieux et descend l'escalier. Elle traverse la maison endormie pour gagner la cuisine et préparer le petit déjeuner du musicien.

Avant ça, elle se fait un bon café. Les premières gorgées de la boisson veloutée lui donnent le sourire. Avec quelques tartines grillées et un jus d'orange tout juste pressé, la journée s'annonce agréable même si le temps se montre triste et maussade. Léa sifflote une comptine enfantine.

Elle cuisine le petit déjeuner de Raphaël. Elle dispose le tout sur un beau plateau d'ébène qu'elle dépose sur la table de la salle à manger. Elle prend bien soin d'y mettre également le médicament. Elle tire les grands rideaux des deux hautes fenêtres pour que la faible lumière du soleil éclaire naturellement la pièce.

Elle retire son portable de sa poche pour regarder l'heure. D'après le carnet rouge, c'est le temps d'aller réveiller Raphaël. Elle passe le salon puis, depuis le vestibule, elle se jette avec élan dans l'escalier pour monter les marches deux par deux. Elle est à peine essoufflée. Elle prend le long couloir et se plante devant la porte de Raphaël. Avec le poing fermé, elle donne de petits coups secs sur la porte.

— Monsieur! Monsieur Raphaël! C'est l'heure de vous réveiller!

N'entendant pas de réponse, elle approche son oreille du bois de la porte et réitère l'opération. Le sourire qu'elle arborait en montant s'efface pour laisser place au masque de l'incompréhension. Comme à son habitude en pareil cas elle se tord légèrement la bouche et se mordille la lèvre.

— Monsieur Raphaël! Tout va bien! Vous m'entendez! C'est l'heure!

Elle ne perçoit aucun bruit depuis l'intérieur de la chambre. Léa paraît inquiète. Elle saisit et tourne la poignée. Elle pousse doucement le battant et progresse discrètement dans la pénombre. Elle ne voit pas grand-chose. La lueur du couloir et l'angle de la porte à demi ouverte forment un petit trapèze de lumière qui n'éclaire pas toute la pièce. Léa s'avance jusqu'à la fenêtre et écarte les rideaux. Les volets sont fermés, mais les persiennes à claire-voie laissent pénétrer à peine plus de clarté. Léa se retourne et découvre un lit défait, mais vide.

Léa reste figée devant les vitres de la baie. Une bouffée d'angoisse lui parcourt tout le corps. Son visage devient blême. Des dizaines de questions se bousculent dans sa tête. Elle soupire longuement, puis elle reprend un peu ses esprits. Elle fonce dans le cabinet de toilette fermé. Il demeure désespérément désert. Elle revient dans la chambre.

— Monsieur Raphaël! Monsieur Raphaël! Où êtes-vous? Si c'est une blague, elle n'est pas drôle du tout! Monsieur Raphaël!

Elle parcourt frénétiquement la pièce vide de long en large. Elle regarde sous le lit et dans le grand placard. Elle débloque la fenêtre et écarte les volets. Elle essaie encore de faire céder la porte verrouillée. Elle ne remporte pas plus de succès que durant la nuit. Léa se rend à l'évidence. Il n'est plus dans la chambre. Ces vêtements reposent toujours sur la chaise. Pour se rassurer, elle en déduit qu'il est descendu en pyjama dans le salon de musique et qu'elle ne l'a pas vu. Elle balaie la pièce des yeux avant de sortir et remarque au pied du lit que la belle boîte cartonnée grise est ouverte et que les superbes souliers vernis ne s'y trouvent plus.

Elle quitte la chambre bien décidée à parcourir toute la maison pour retrouver son égrotant musicien. Elle commence par l'étage et toutes les cachettes possibles. Elle fouille son propre appartement puis celui des amants. Elle passe toutes les chambres en revue. Elle fouille même les plus minuscules.

Elle découvre la porte miniature qui dissimule un escalier qui mène au grenier. Elle actionne un vieil interrupteur en céramique puis elle s'engouffre dans le petit réduit poussiéreux et monte jusqu'au comble sur des marches grinçantes. Elles se révèlent sales et tapissées de toiles d'araignée. D'antiques ampoules incandescentes emplissent l'endroit d'une lumière jaune pâle. Léa n'aperçoit que des objets désuets, des livres anciens, des meubles abandonnés et pas de trace de Raphaël. Sans espoir, elle l'appelle quand même puis elle redescend. Elle verrouille bien l'accès qui conduit à la soupente.

Léa prend le grand escalier et traverse le vestibule. Elle se précipite dans la pièce de musique. Elle aussi reste vide. Le couvercle du clavier et le capot sont fermés. Les livres sont bien alignés dans la bibliothèque. Léa remarque tout de suite que toutes les partitions ont disparu. Hier encore, les feuillets étaient étalés partout. Elles ne sont pas rangées. Ni sur le petit bureau ni sur les étagères.

Elle ouvre les grands rideaux pour faire entrer la lumière du jour. Le jardin conserve les traces d'humidité nocturne et la végétation tente de se débarrasser de l'eau de pluie en s'agitant légèrement dans la faible brise matinale. Le ciel encombré de nuages est peint de gris.

Léa revient vers le piano et soulève le couvercle. Les documents ne se trouvent pas là. Raphaël n'apparaît pas plus dans cette pièce. Elle se rend au salon puis dans la salle à manger. Elle ne détecte aucun indice de lui. Elle traverse la cuisine, le cellier puis sort sur le perron. Elle ouvre l'un des battants de la porte du garage. Son vélo attend toujours à sa place, mais pas de signe de Raphaël.

Les deux voitures des propriétaires sont sagement remisées. Léa parcourt complètement le bâtiment. Il se dégage une odeur de caoutchouc et d'huile de moteur. À l'extrémité du local se dresse devant elle une vieille échelle de meunier. Elle permet d'atteindre un plancher au-dessus du garage. Léa agrippe les barreaux de bois avec les deux mains et pose un pied sur le premier d'entre eux. Elle lève la tête.

— Monsieur Raphaël ! Vous êtes là-haut ? Ce n'est pas drôle du tout ! Ohé ! Monsieur Raphaël !

Peu rassurée par la solidité de l'escabeau, elle commence l'ascension vers la trappe. Fébrile et en prenant des précautions infinies, elle se hisse jusqu'à la hauteur du plafond. Elle regarde furtivement en bas. Elle sent un léger vertige. Elle passe un barreau supplémentaire jusqu'à ce que sa tête dépasse l'ouverture dans le plancher. Elle ne distingue que de vieux outils rouillés, des bouteilles vides et des bonbonnes entourées d'osier que l'on a oublié là. Elle ne trouve pas la moindre trace de Raphaël.

Léa a les bras chancelants. D'un coup, elle a très chaud. Elle prend son temps pour descendre de son perchoir en assurant chacun de ses pas. C'est avec un énorme soulagement que Léa pose le pied sur le sol du garage. À travers les carreaux sales des fenêtres, elle scrute le jardin. Le grand cèdre bleu se dresse fièrement au milieu de la pelouse et jette ses hautes branches au-dessus du parc. En regardant plus attentivement, Léa remarque que la petite porte qui donne sur la rue est entrouverte.

Une bouffée de chaleur lui traverse encore tout le corps. Ces joues deviennent écarlates. Elle sort en courant de la dépendance et fonce droit vers le large porche. Elle s'aventure sur l'herbe mouillée et contourne l'imposant tronc de l'arbre majestueux qui lui bouche le passage. Elle emprunte l'allée de gravier pour gagner le portail d'entrée de la demeure.

Léa, essoufflée, constate avec effroi que le portillon est bel et bien ouvert. Elle prend les barreaux humides et froids avec ces deux mains et se mordille franchement la lèvre inférieure. Elle pose son front sur le métal glacial. Elle sait bien qu'elle a oublié de vérifier, hier soir, que cette entrée était bien verrouillée. Elle s'accuse de tout et les pires des histoires défilent dans sa tête. Elle pousse le portillon jusqu'à la butée. Elle revient vers la maison en espérant, sans y croire vraiment, que Raphaël demeure encore dans la place.

Elle n'arrive plus à penser. Toutes sortes d'idées se bousculent et s'entrechoquent dans son cerveau. Elle se demande où Raphaël peut se trouver en ce moment. Elle aimerait absolument savoir où se planquent les partitions. Elle ne comprend pas pourquoi il a disparu avec les souliers vernis. Elle s'en veut beaucoup. Elle ne s'explique pas comment elle a pu oublier de vérifier les portes. Elle s'agace. L'appel téléphonique prévu d'Inès l'obsède. Elle s'invective.

— Je n'avais pas grand-chose à faire ! C'est sans doute trop pour moi ! On ne peut rien me confier ! Ce n'est pas possible d'être aussi naïves ! Je n'aurais jamais dû accepter ce travail !
— ... Et Inès qui va appeler ! Qu'est-ce que je vais lui dire ! Où est parti Raphaël ? Tout semblait si apaisé hier soir ! rumine-t-elle.

De rage, elle donne un coup de pied dans le portillon. Il se ferme brutalement et le métal claque. Elle respire profondément avant que la panique ne la submerge tout à fait. Elle doit imaginer un stratagème. Elle prend sa décision en quelques secondes. Quand Inès va téléphoner, elle ne va pas lui dire. Elle se trouve de l'autre côté de l'Atlantique. Elle ne va pas voir la différence. Léa va lui mentir. Si elle demande à parler à Raphaël, elle feindra qu'il est en pleine création. Elle va mettre de la musique pour donner le change. Une fois l'appel d'Inès terminé, elle prendra son vélo et partira à la recherche de Raphaël. Elle ne veut pas prévenir la police. Elle se persuade qu'elle va le retrouver seul, rapidement, et que tout va rentrer dans l'ordre.

En attendant le coup de téléphone, elle se dirige vers la maison et entre par la grande porte. Celle-ci était bien fermée hier soir. Elle en est sûre cette fois, car elle l'a bien vérifiée. Elle se souvient d'avoir bien posé la clé dans l'un des tiroirs de la console. Mais là, elle est bien suspendue sur la serrure. Léa grimace et se rend à l'évidence. Raphaël est parti. Elle doit le retrouver à tout prix avant qu'Inès n'appelle.

Cinéma en chambre

Dans l'entrée, elle passe, sans se regarder, devant l'immense glace. Pour se rassurer, elle ouvre la grande armoire afin de vérifier les manteaux. Elle accomplit la tâche alors même qu'elle ne connaît pas du tout la garde-robe des occupants de la maison.

Léa espère dénicher un indice. Elle palpe les chics et nombreux vêtements suspendus. Rien. Elle ne trouve rien. Elle remarque juste un petit tableau fixé au fond et sur le côté gauche du profond meuble. Il est un peu caché par un morceau de tissu. Elle soulève l'étoffe et découvre un ensemble de clés bien alignées et pendues à des clous.

Elle passe en revue les différents trousseaux jusqu'à en repérer deux intéressants. Sur l'un, une étiquette est accrochée sur laquelle il est écrit, de cette même écriture cursive que celle qu'elle a vue sur les flacons de médicaments : « *Chambre M.* ». Sur l'autre, Léa peut lire : « *Orangerie* ». Elle décroche les clés de leur support, remet le bout de tissu et referme le meuble dans un grincement sinistre qui résonne dans tout le hall.

Léa monte rapidement l'escalier et entre directement dans la chambre de Raphaël. Elle attrape le bouton de la porte et elle essaie le premier sésame. Il ne correspond pas. Elle se retourne et avance de quelques pas vers l'ouverture du fond. Elle serre la nacre ronde et glisse sans résistance la clé notée « *chambre M.* » dans la serrure. Elle donne deux tours et tourne la poignée. Elle entend distinctement le pêne qui libère la fermeture.

Elle se recule un peu et la tire vers elle. Léa aperçoit les contours d'une toute petite pièce aveugle. Elle trouve à tâtons un minuscule interrupteur derrière le montant droit de la porte. Elle l'actionne et découvre l'intérieur du réduit. De part et d'autre, elle voit une succession d'étagères de bois. Celles du bas et du milieu sont pleines de boîtes d'archives. Des affichettes collées dessus indiquent le millésime et résument le contenu.

Plusieurs cartons possèdent un couvercle mal fermé d'où dépassent des partitions. Au fond, Léa remarque d'autres dossiers empilés. Elle se glisse dans l'espace réduit et se baisse légèrement pour lire les petites notes. Elle trouve là des boîtes de photographies. Elle se redresse. Son œil est attiré par une très faible diode luminescente de couleur verte. Elle découvre, sur l'une des étagères du haut, un appareil des plus saugrenu.

Léa se dresse sur la pointe des pieds pour mieux regarder. Elle distingue un matériel sonore et visuel élaboré et sous tension. Elle n'est pas suffisamment grande pour voir complètement l'installation. Elle récupère la chaise du bureau de la chambre et la pose au milieu de la curieuse pièce. Elle soulève son pied jusqu'à l'assise et se hisse vers le haut. Elle découvre un projecteur miniature, un haut-parleur et un boîtier noir avec plusieurs boutons sur lequel sont raccordés les deux équipements. L'objectif de l'appareil est visiblement collé à un petit trou situé au-dessus du montant de la porte. Léa qui cherche Raphaël et des réponses est particulièrement intriguée par cette machinerie. Elle s'approche un peu plus près et avec son index de la main gauche elle appuie sur l'un des commutateurs.

Léa sent immédiatement que son action a provoqué un effet de l'autre côté de la cloison, mais elle ne voit rien. Elle entend juste une voix posée, calme et d'une tonalité légèrement grave. Elle descend de son piédestal et revient dans la chambre. Léa découvre des images projetées tout autour d'elle. Elles s'affichent sur le plafond et sur tout le pourtour de la pièce.

C'est la nuit. Depuis l'intérieur d'une voiture, la route s'avance dans les phares. Elle voit des mains sur un volant. De grands arbres bordent la chaussée. Des traits blancs intermittents jouxtent les troncs. Au milieu de la rue, une ligne en pointillé progresse. Le regard hypnotisé est attiré par la lumière laiteuse. Il suit fixement les marques du sol sans pouvoir s'en détacher. Les scènes défilent de plus en plus rapidement. Le décor change. La voiture entre dans une cité. Les tracés peints disparaissent pour laisser place à des trottoirs. Le mobilier urbain remplace les arbres. La lueur blanche devient orangée. Elle descend de l'éclairage public. Les images de la ville se succèdent à un rythme effréné.

Soudain, un ballon bleu rebondit deux fois devant le bolide lancé à vive allure. Il est suivi de près par un jeune garçon aux cheveux bouclés. Son visage poupin montre des yeux rieurs. Le véhicule roule bien trop vite. Un flash d'une fraction de seconde éclaire toute la pièce. La voix adopte une tonalité plus brutale et directive. Les scènes projetées prennent une teinte rouge vif.

On y voit une ambulance et une voiture accidentée. Des gyrophares dansent dans la chambre. Les images du visage défiguré et ensanglanté de l'enfant tapissent tous les murs. Le visionnage insoutenable dure une éternité avant que l'endroit ne retrouve sa forme initiale.

Léa est abasourdie et ses jambes se dérobent. Elle s'accroche au bras du fauteuil et s'y laisse tomber. Elle a du mal à avaler sa salive. Sa gorge s'assèche. Elle n'arrive pas à réaliser qu'une telle machination a été mise au point. Elle songe à Raphaël et à ses cauchemars. Elle ne s'explique pas qu'on puisse mûrir de pareille torture. Elle pense tout de suite aux médicaments qu'on donne au pauvre Raphaël. Elle doute et imagine le pire. Elle retrouve peu à peu ses esprits. Elle se lève et revient dans le cagibi.

Elle remonte sur son marchepied et débranche brutalement les appareils en arrachant les câbles. Elle se saisit de son téléphone portable et prend quelques photographies. Elle éteint la lumière et remet la chaise dans la chambre. Elle claque la porte et la verrouille à double tour. Elle place le sésame dans sa poche et redescend au salon. Elle le traverse et gagne la salle à manger. Elle prend la clé du secrétaire dans le pot. Elle ouvre le meuble et le fouille avec attention.

Elle veut savoir. La vie l'a rendue très méfiante. Elle sent qu'une machiavélique embrouille se trame dans cette maison. La pièce qu'on lui a jouée jusqu'ici ne la convainc pas. Elle veut comprendre ce qui se passe dans cette demeure. Elle cherche dans le petit bureau prescriptions et ordonnances, mais elle ne trouve rien. Elle ne découvre que les flacons aux étiquettes manuscrites. Ces fouilles prennent fin quand le téléphone sonne depuis le salon. Elle regarde furtivement la pendule de marbre et de bronze posée sur le buffet. Le cadran indique presque dix heures. Elle referme à la hâte le secrétaire et jette la clé dans le pot. Elle se précipite dans la vaste pièce et décroche le combiné. Elle avale sa salive et respire profondément.

— Allo ?
— C'est Inès ! Je vous appelle comme convenu ! ici, il est très tôt, mais je n'arrivais pas à dormir. Le décalage horaire sans doute… C'est encore la nuit. Bon ! Comment va-t-il ? Comment s'est passée la nuit ?
— Très bien ! Il a beaucoup travaillé ! Il a bien pris ses médicaments ! Il a mangé un peu et il s'est couché de bonne heure ! répond-elle en se tordant la bouche.
— Bien ! Très bien ! Vous n'avez pas rencontré de problème particulier ?
— Eh bien…
— Bien ! Très bien ! Continuez ainsi ! Attention ! Ne laissez pas sortir Raphaël ! Il ne doit pas se trouver hors de la propriété ! Fermez bien toutes les portes ! Vous m'entendez ?

— Eh bien...
— C'est parfait ! Nous attendons ça de vous ! Vous serez bien récompensée ! Passez-le-moi ! Je voudrais lui parler !
— Eh bien... C'est que...
— Oui ? J'attends ! Dépêchez-vous !
— Il... Il...
— Il quoi ?
— Il a commencé à travailler très tôt ce matin ! Juste après le petit déjeuner ! Je n'ose pas le déranger ! Vous entendez le son du piano ?
— Non ! Je n'entends rien ! Je n'entends que votre voix ! ... Il travaille, dites-vous ?
— Oui ! Oui ! Beaucoup ! C'est bien, non ? Ce serait dommage de l'interrompre, vous ne croyez pas ?
— Bien ! Bien ! Raphaël doit travailler ! Et beaucoup ! Je compte sur vous pour lui dire que nous avons appelé ! Nous avons une grosse journée ! La presse ! Les entretiens ! Les répétitions ! La réception ! ... Je dois m'acheter une robe pour l'occasion ! ... Bon, je vous laisse ma petite ! Et suivez mes instructions à la lettre !
— Entendu ! Bonne journée ! Et...

Mais déjà, la tonalité de retour de l'appel résonne dans l'oreille de Léa. Inès a interrompu la conversation avant qu'elle puisse terminer sa phrase. Léa est un peu soulagée, mais elle est surtout vexée. Elle trouve très impolie la manière dont son interlocutrice l'a traitée. Léa n'est « la petite » de personne et sûrement pas de cette dame hautaine, fière et méprisante.

Avant de récupérer son vélo pour partir à la recherche de Raphaël, elle enfile son blouson et coiffe son bonnet. Elle prend les clés de la maison et celle du portillon. Elle traverse le vestibule et l'entrée. Elle claque le lourd battant. Elle ne verrouille pas l'ouverture principale. Elle longe la haute façade de la résidence en empruntant le large perron.

Dans le garage, elle attrape le guidon de sa bicyclette. Elle suit l'allée de gravier et pénètre sous les ramifications immenses et inquiétantes du cèdre majestueux. Elle lève la tête et regarde les teintes bleutées du feuillage. En remontant vers le portail, elle arrive au niveau des verrières de l'orangerie. Elle pose son engin contre la haie. Elle fouille dans sa poche et retire les différents trousseaux. Elle se saisit de la clé marquée « *Orangerie* » et longe le chemin bordé de rosiers. Devant l'ouverture vitrée, elle glisse le passe dans la serrure et le tourne deux fois. Elle pénètre dans la serre. Une odeur très forte plisse le petit nez de Léa.

Elle s'avance au milieu de la pièce. Du côté opposé à la maison de verre, elle découvre quatre bacs de bois remplis de terre. Ils sont vides de plantation, mais la matière noire semble très bien préparée. Elle est tamisée, ratissée et légèrement tassée. Plusieurs arrosoirs attendent sagement au pied des jardinières. Une petite paire de gants se détend sur l'un des montants.

Plus loin, un seau contient quelques outils de fleuriste. De l'autre côté, le long de la paroi, elle aperçoit un robinet d'où s'échappe un tuyau vert et rouge. Derrière se dresse une grande paillasse carrelée qui court jusqu'au mur du fond. Tout le matériel d'un laboratoire est entreposé là. Des flacons et des entonnoirs. Des séparateurs et des condensateurs. Des pipettes et des thermomètres.

Elle trouve tout un équipement pour distiller ou préparer remèdes et potions. Léa sort son téléphone portable et réalise quelques photographies. Elle s'avance au niveau du plan de travail et défait un dossier en carton. Elle découvre les étiquettes d'écolier. Elle déniche aussi beaucoup de schémas annotés. Elle ne les comprend pas du tout, mais elle reste sûre que quelqu'un dans cette maison fabrique des médicaments. Elle cale son appareil et opère quelques clichés supplémentaires. Derrière l'entrée, une patère accueille un tablier gris. En quittant le laboratoire, elle referme la verrière à clé.

Elle récupère son vélo qu'elle pousse jusqu'à la sortie du parc. Elle ouvre le portillon et se faufile dans la rue. Elle rehausse son blouson et monte la glissière au niveau de son cou. Elle réajuste son bonnet et y cache ses cheveux. Elle regarde le jardin à travers la lourde grille. Elle lève les yeux vers le grand cèdre. Ce gardien indestructible veille sur une maison troublante et vide.

Le musicien de gare

Elle enfourche sa bicyclette et pose le pied sur la pédale. Elle appuie fort et se lance à la recherche de Raphaël. Léa reste confiante. Elle sait qu'un homme en pyjama avec un manteau et des souliers vernis, ça ne devrait pas passer inaperçu. Comme Raphaël est musicien, elle décide de commencer par le centre de la ville et les différents lieux où il pourrait se rendre. Elle débute par le grand théâtre et poursuit par les salles de concert.

La cité ne s'est pas beaucoup réchauffée depuis la pluie de la veille. Le vent souffle encore un peu et la chaussée est humide et couverte de feuilles détrempées. Léa avance promptement. Elle regarde fixement la route et pédale à toutes jambes. Elle ralentit à peine aux intersections et passe même quelques feux rouges. À cette cadence, elle arrive vite dans le cœur de la ville. Le théâtre se situe face à elle. Le parvis se montre sous un jour inhabituel. Il est presque désert. Seuls quelques citadins pressés le traversent. Emmitouflés dans des vêtements épais, ils fuient à vive allure.

Les portes du bâtiment sont fermées et Léa n'aperçoit aucune lumière. Elle range son vélo dans l'un des abris et prend bien soin de l'attacher. Sa balade lui a donné chaud et ses pommettes sont légèrement rosées. Elle grimpe d'un pas alerte sur les quelques marches qui mènent aux ouvertures du théâtre. Sans conviction, elle essaie de bouger les grandes baies vitrées. Elles restent closes.

Elle redescend vers la place et décide d'en réaliser le tour. Les petites rues adjacentes s'avèrent désertes. Une lumière jaune pâle éclaire la minuscule entrée des artistes. Elle pousse la porte et pénètre dans le bâtiment. Elle monte quelques marches jusqu'à la loge dont on possède une vue imprenable sur les arrivées et les sorties au travers d'un miroir sans tain. Léa appuie sur le bouton de l'interphone.

— Oui ? C'est pour quoi ? Le théâtre est fermé ! répond une voix nasillarde.
— Heu ! Bonjour ! J'aimerais savoir si vous avez vu passer un homme !
— Non ! Personne depuis hier soir ! Sauf l'équipe de nettoyage et l'ingénieur du son ! Comment est-il ?
— Eh bien ! Vous le connaissez peut-être ! Je parle de monsieur Raphaël, le grand pianiste !
— Non ! Je ne vois pas !
— Il... il... Léa hésite. Il est vêtu d'un manteau et d'un pyjama ! Il porte des souliers vernis noirs aux pieds !
— Hein ! Vous vous moquez de moi ?
— Non ! Non ! C'est vrai ! Il perd un peu la mémoire et il est parti ! Je le recherche depuis ce matin !
— Bien ! Je ne l'ai pas vu !

Léa quitte le théâtre et récupère sa bicyclette. Avant de repartir vers les autres lieux de concerts, elle prend son portable et appelle l'une de ses meilleures amies.

— Sarah ! Oui ! C'est moi ! Je ne te dérange pas ?
— Léa ? Je te croyais absente pour quelques jours ! J'ai bien eu tes messages ! Tu m'avais dit que tu ne pouvais pas appeler ! Je suis ravie que tu le fasses ! Comment vas-tu ?
— Pour tout te dire, j'ai un gros problème ! Tu sais ! La personne dont je dois m'occuper pendant quelques jours...
— Oui ! Oui ! Je me souviens ! Que lui est-il arrivé ?
— Il est parti ! Cette nuit ! Ce matin — personne ! Je dois absolument le retrouver !

— Tu ne veux pas aller voir la police ?
— Tu es folle ! Je peux me débrouiller ! Je me dois de le retrouver moi-même ! J'ai menti à sa femme pour trouver le temps de le chercher ! Il est musicien ! Tu sais ! Pianiste de jazz ! En plus, il se passe des choses très bizarres dans cette maison ! Cet homme ! Raphaël ! Il perd la mémoire ! Je suis allé au théâtre, mais il n'y était pas ! Je pars vers l'ancienne salle des fêtes et le centre des congrès !
— Je suis prise toute la semaine et je suis en déplacement ! Tu peux voir avec Alice ?
— Je sais, je sais ! Tu m'avais prévenu ! Non ! Pas Alice ! Elle irait directement voir la police ! Je ne veux pas ça ! En plus, elle me ferait une leçon de morale ! Je n'ai pas besoin de ça !
— D'accord, d'accord. Tu peux aussi voir du côté des gares et des taxis ! On ne sait jamais ! Comment est-il habillé ? Est-ce qu'il est beau ?
— Sarah ! Là, tu exagères ! Il a bien quarante ans ! Il est en... pyjama avec un manteau et des souliers noirs !
— ... Je vois ! En tout cas, tu ne réponds pas à ma question ! Je te connais ! Tu le trouves séduisant ?
— C'est ça ! C'est ça ! De toute façon, c'est une bonne idée d'aller vers les gares ! Je pourrais aussi interroger les taxis ! Tu sais que j'ai découvert des choses étranges dans leur maison ! je te raconterais ça plus tard ! Je file ! Bises !
— Sois prudente ! Léa ! Et donne-moi des nouvelles ! Bises !

Léa trouve porte close devant l'ancienne salle des fêtes reconvertie en local pour spectacle et galerie d'exposition. Elle se rend au centre des congrès. À l'accueil, elle questionne le personnel, mais elle obtient toujours des réponses équivalentes. Quand elle décrit l'individu qu'elle cherche, les visages restent dubitatifs et incrédules. Elle ne se décourage pas et repart vers les gares.

Elle commence par le terminal routier qui semble le plus proche. Elle interroge les chauffeurs et les voyageurs. Souvent, ils jouent l'indifférence. De temps en temps, ils sourient. Elle entre dans tous les halls d'attente à la recherche de Raphaël. Elle ne trouve pas de trace du pianiste fugueur. Elle pose les mêmes questions dans les commerces alentour, mais elle ne recueille pas plus d'informations. Parfois, des éclats de rire fusent lorsque Léa dépeint l'homme disparu. La matinée touche à sa fin quand la pluie effectue son apparition.

Sous la pluie fine et un peu frigorifiée, elle enchaîne les stations de taxis. Aucun conducteur n'a vu le musicien en pyjama. Quelques chauffeurs se moquent de Léa et ne croient pas un mot de cette histoire loufoque. Ils prennent des fous rires et poursuivent leur travail. Léa est fatiguée et se décourage petit à petit. Son visage si souriant se masque de tristesse. Vers les grands boulevards, elle remonte une file de voitures à l'arrêt qui attendent le client. Elle interroge un à un tous les conducteurs au sujet du disparu. Aucun d'eux n'a vu Raphaël. Elle arrive à la hauteur de l'avant-dernier véhicule. Elle appuie son vélo contre un muret et frappe à la vitre teintée. La glace glisse vers le bas et découvre le visage fermé, dur et austère d'un homme d'une cinquantaine d'années. Léa pose ses doigts rougis par le froid sur le haut de la fenêtre entrouverte.

— C'est pour une course ? Prenez le premier taxi ! Ne touchez pas ma vitre !
— Non ! Non ! Je ne veux pas vous parler de ça ! répond-elle en enlevant rapidement ses mains.
— Alors quoi ? Qu'est-ce que vous me voulez ?
— Je recherche quelqu'un ! Je cherche un proche ! Vous l'avez peut-être aperçu ?
— Je ne suis pas le bureau des pleurs ! Il vous a quitté ! C'est ça !

- Non ! Non ! Je cherche une personne malade dont je m'occupe ! Il est parti !
- Bravo ! Madame laisse partir ses patients !
- Un homme en pyjama avec un manteau et des souliers chics !
- Ha ! Lui ! C'est cet homme que vous cherchez ?
- Vous l'avez vu ? Où ? Je dois le retrouver à tout prix !
- Vingt ! sourit le chauffeur en tendant le creux de sa main hors de la vitre de la voiture.
- Heu ! Quoi ? Vous me demandez de l'argent ! C'est dingue !
- Elle veut son information ! où pas ?
- D'accord ! D'accord ! Je vous donne ça tout de suite !

Elle se recule un peu du véhicule et attrape son sac à dos par l'une des bretelles. Elle le fait glisser devant elle. Elle dégage une étroite poche sur le côté et sort un petit porte-monnaie de cuir vert. Elle l'ouvre et saisit un billet. Elle s'avance doucement vers l'homme. Il arbore un sourire narquois et inquiétant. Elle ne reste pas du tout sûre de l'action qu'elle s'apprête à effectuer. Elle décide de prendre le risque. Elle ne trouve pas vraiment d'autres solutions. Elle avance dans une impasse. Elle tremble légèrement et ses mains sont gelées. Elle se mordille la lèvre puis elle se baisse vers la vitre entrebâillée.

- J'ai l'argent que vous voulez ! Où l'avez-vous vu ? Dites-le-moi et je vous donne le billet !
- D'accord ma petite ! J'ai vu votre dingue près de la gare ferroviaire ! J'effectuais ma première course de la journée ! Il devait être quatre heures du matin. Vous pensez ! Je l'ai remarqué d'emblée ! Un drôle d'oiseau comme lui ! Je n'en avais pas vu depuis longtemps ! En pyjama avec de belles chaussures et un manteau de luxe ! Quelle rigolade ! Il portait un gros carton en guise de valise ! Et maintenant, vous devez me payer ! lance-t-il en haussant le ton et en attrapant le billet.

— Merci ! Vous pouvez être fier ! Cet homme est malade ! Il a besoin d'aide ! J'espère que ce n'est pas un mensonge !

La vitre fumée se relève doucement. Le visage de l'individu avide et bourru disparaît. Léa pense que le chauffeur dit vrai, car elle n'a pas mentionné le carton. Elle remet son sac et grimpe sur son vélo. Elle prend le chemin de la gare. Elle s'y rend en quelques minutes seulement. Elle oublie la pluie et le froid avec l'espoir de retrouver Raphaël. Elle dépose sa monture dans l'abri réservé à cet effet et situé à proximité du hall des départs.

Léa entre dans le vaste bâtiment. Elle se retrouve face à beaucoup de voyageurs. À cette heure de la journée, la gare est bondée. Si Raphaël se tient là, il ne devrait pas être difficile à repérer. Elle déambule dans les deux grandes salles. Elle inspecte les lieux d'attente. Elle regarde sous les sièges et les banquettes. Elle passe devant la cafeteria et le kiosque à journaux. Elle y rentre et effectue le tour. Elle ne voit toujours pas de signe de lui. Elle emprunte un large couloir qui mène aux quais. Elle va jusqu'au bout. Elle se situe en face des toilettes. Elle entre dans ceux des femmes et ouvre tous les box. Elle en sort rapidement. Il ne se trouve pas là. Elle hésite à s'engager dans ceux des hommes.

Au moment où elle pousse la porte, elle tombe nez à nez avec un individu visiblement pressé. Il porte un costume de belle facture. Il regarde Léa avec étonnement. Léa lui répond d'un sourire gêné, mais elle entre quand même. Elle effectue la même recherche que de l'autre côté. Elle n'obtient toujours pas de trace de Raphaël. Elle quitte les lieux sans s'attarder.

Léa prend le premier couloir qui permet de rejoindre les trains. Elle souffle dans ses mains froides et ajuste son bonnet. Elle monte les marches deux par deux. Elle arrive vite sur le quai. Elle s'époumone. Elle s'adosse sur un banc pour récupérer. Elle balaie du regard les deux côtés du plateau. Un train est annoncé et les voyageurs emplissent la plateforme d'accès. Elle cherche Raphaël dans la foule, mais elle ne parvient pas à le voir. La rame s'immobilise dans un long grincement de métal.

Un haut-parleur inaudible diffuse des informations. En quelques minutes, les wagons aspirent tous les occupants du quai. Un coup de sifflet et déjà le convoi repart. La zone paraît presque vide. Tout au fond, un train de marchandises glisse sans s'arrêter comme un serpent qui fuit dans les buissons. Le bruit des boggies sur les rails résonne sous la haute verrière. Léa fixe les deux phares rouges qui s'éloignent. Elle s'avance légèrement. Elle passe devant le bureau éclairé du chef de gare. Elle continue un peu plus avant.

Son regard est attiré par la lumière orangée et intermittente du lampadaire du quai d'en face. Dessous, elle remarque une zone d'attente vitrée. Elle semble discerner un attroupement. Elle s'approche à peine plus et elle entend distinctement des cris. Elle s'aventure sur le pourtour de la plateforme. La pointe de ses chaussures dépasse la bordure. Elle aperçoit des individus vociférants qui effectuent de grands mouvements.

Elle décide d'aller voir de plus près et elle se jette sur les voies. Elle manque de tomber et de se tordre la cheville quand son pied gauche se pose en équilibre instable sur le ballast. Elle se rattrape comme elle peut en balançant ses bras. Elle traverse la deuxième section de rails et saute sur le quai avant que les haut-parleurs n'annoncent l'arrivée du prochain train. Elle respire profondément et fonce vers la petite salle d'attente. Elle voit très bien deux hommes à terre empoignés par trois autres personnes penchées au-dessus d'eux. Ils gesticulent et donnent des coups de poing. À quelques mètres seulement du pugilat, elle peut tout de suite remarquer le pyjama de Raphaël. Le pauvre musicien git au sol. Elle entre dans le réduit et elle se met à hurler à son tour.

— Arrêter ! Mais arrêter ça !

Les trois jeunes sont surpris. Ils relèvent un peu la tête et dévisagent Léa. Elle a déjà agrippé le blouson de l'un des trois. En une fraction de seconde, elle comprend ce qui se trame ici. Raphaël reste à terre. Son nez et ses mains saignent. La veste de son pyjama est déchirée. Il a les yeux écarquillés. Sa figure est figée par la peur. Elle distingue un autre quidam à moitié couché sur lui.

Il porte une parka de ski sale et trouée. La jeune fille et les deux garçons qui l'accompagnent essaient juste de dégager le pauvre Raphaël. Il a été battu par l'homme allongé sur lui. Dans le coin opposé, le carton éventré déverse un flot de musique sur papier. Les notes sur les partitions s'écoulent sur le quai comme les trains sur les rails invitent au voyage. Léa lâche immédiatement le col d'un des sauveurs de Raphaël.

— Je suis désolé ! Je croyais que vous lui vouliez du mal ! Je dois m'occuper de lui !

Léa et les trois jeunes réussissent à soulever l'homme et à l'éloigner de Raphaël. Il empeste la vinasse. Il apparaît à moitié conscient et éructe des mots incompréhensibles. Son visage rouge et sans âge est marqué par la vie dehors. Pendant que les adolescents font s'asseoir le miséreux sur l'une des banquettes, Léa s'agenouille auprès de Raphaël. Il est tétanisé. Léa regarde ses yeux. Il semble la reconnaître. Elle arrive à le redresser et à l'appuyer contre un banc. Elle referme comme elle peu la veste de son pyjama. Elle remet son manteau sur ses épaules.

Avec des mouchoirs en papier, elle nettoie grossièrement la figure de Raphaël. Elle est un peu soulagée quand elle constate qu'il ne présente que de superficielles contusions. Elle jette un regard de l'autre côté. L'un des garçons a ramassé les feuillets pour les déposer dans le carton abîmé. Le clochard s'est calmé. Il se lève, sort de l'abri et s'éloigne sur le quai en titubant et en fixant les yeux au ciel. Il semble invectiver le monde entier. À quelques encablures, il récupère un vieux chariot encombré de sacs plastiques. Il s'appuie dessus et continue son chemin sur le trottoir. Léa relève Raphaël. Elle regarde avec bienveillance les trois sauveurs.

— Merci ! Merci pour tout ! Heureusement que vous étiez là !
— Ce n'est rien, madame ! sourit la jeune fille.
— Il allait lui faire du mal et lui voler ses partitions ! enchaîne l'un des jeunes garçons.
— Il voulait surtout ses chaussures ! reprend la jeune fille à l'air rieur.
— Il est vrai qu'elles sont magnifiques ! ajoute Léa.
— Qu'est-ce qu'il a ? Pourquoi est-il dans cette tenue ? Je l'ai reconnu, vous savez ! complète le deuxième garçon.
— Ha ? Oui ! Vous le connaissez ? demande Léa.
— On adore sa musique ! reprennent-ils tous en cœur.
— Merci ! Merci à vous ! Je dois le ramener maintenant ! Il perd un peu la mémoire !
— On vous accompagne jusqu'à la sortie si vous voulez ! reprend l'un des deux garçons.
— D'accord ! Merci à vous !
— On se connaît ? Qui êtes-vous ? interroge Raphaël d'une voix chevrotante.
— Je suis Léa ! Vous savez bien ! Je remplace madame...
— ... Sansouci ! Madame Sansouci ! Où est-elle ? Où est Inès ? Où est Charles ?
— Ils sont en voyage ! Vous savez ! New York ! *Tragédie Hall* ! reprend Léa avec fermeté.
— *Tragédie Hall* ? ... Hall... Ah oui ! *Canergie Hall* ! Je m'y suis produit plusieurs fois ! Une salle magnifique ! Je joue ce soir ?
— Non ! Pas ce soir ! Je vous ramène à la maison !

Léa ceinture Raphaël et passe son bras sous son épaule. Elle le soulève et le force à marcher. Encore choqué, il se laisse faire. Il avance d'un pas très lent. L'un des garçons prend le carton et les partitions. La petite troupe se met en route le long du quai. Compacte, elle descend les escaliers et s'engage sous les voies ferrées.

L'endroit mal éclairé transpire l'humidité et l'eau suinte sur les murs carrelés. Le groupe progresse doucement. Au rythme de Raphaël. Le quintet arrive de l'autre côté face à la montée qui mène au grand hall. L'équipe est accueillie par des jurons et des bruits métalliques assourdissants qui résonnent dans le passage souterrain. Tous les regards se lèvent vers le haut des marches. À proximité du palier, ils voient l'agresseur, rouge comme un mauvais jus de vigne, qui s'affaire à tirer son chariot à roulettes vers le sommet. Il s'énerve et beugle. Il invective tout le monde, mais surtout son caddie avec son chargement mal ficelé qui déborde de sacs en tout genre.

Il se trouve dos à l'escalier. Il traîne son engin marche après marche. Sur l'avant-dernière, il trébuche et se retrouve le derrière par terre. Dans sa chute, il lâche la poignée. S'ensuit un vacarme épouvantable. Le chariot redescend la moitié de la rampe d'accès et vient s'arrêter en équilibre instable contre la rambarde. Léa, Raphaël et leurs protecteurs s'écartent un peu et se hâtent pour atteindre le palier. L'un des deux adolescents confie le carton à la jeune fille.

Les deux garçons empoignent le trésor sur roulettes et le hissent sans effort jusqu'en haut des marches. Le pauvre hère n'a même pas le temps de se rendre compte de la situation que quatre bras le soulèvent, le relèvent et l'adosse à sa monture. Il marmonne quelques jurons et lève une main tremblante en guise de reconnaissance. Ils le regardent partir.

Devant la gare, Léa, s'avance vers la borne des taxis. Elle assoit Raphaël sur un banc de bois et de métal. Elle récupère le carton. Elle remercie chaleureusement les jeunes gens. Raphaël esquisse un petit sourire en les voyant s'éloigner.

— Continuer à écrire et à jouer votre musique ! lâche l'un des garçons en admirant Raphaël.

— On est fan ! reprennent-ils en cœur tous les trois.
— Merci ! Merci encore ! lance Léa en agitant sa main.

Elle pose le carton abîmé à côté de Raphaël. Elle se jette sur l'ouverture arrière du premier taxi qui s'arrête puis elle y pousse Raphaël. Elle le sangle avec la ceinture de sécurité. Elle referme la porte de la voiture. Elle reprend la boîte et s'installe près de Raphaël. Elle regarde le chauffeur. Un monsieur d'âge mûr, au visage tout rond, arbore une moustache conquérante. Il est coiffé d'une casquette en tweed.

— Bonjour ! Villa Chanteclair ! C'est la rue des fauvettes ! ordonne Léa.
— Bien, madame ! C'est parti !

L'automobile démarre en douceur. Elle remonte le boulevard de la gare en direction du centre-ville. Léa regarde la ville et pense bêtement à son vélo. Elle se persuade de l'avoir solidement attaché. Elle commence tout juste à réaliser qu'elle a retrouvé Raphaël. Elle se détend un peu et s'enfonce dans le siège de la berline. Soulagée, elle envisage Raphaël. Il semble ailleurs. Ses doigts bougent doucement comme s'ils effleuraient les touches d'ivoire de son piano. Son regard se pose sur la ville à travers la vitre teintée.

— Il a une allure marrante, votre compagnon ! Drôle de voyageur en vérité ! Et j'en ai vu beaucoup ! lance le conducteur en observant Léa dans son rétroviseur.
— Oui ! Oui ! s'agace Léa.

Elle tourne ostensiblement son visage et interrompt la conversation. Le chauffeur n'insiste pas et se concentre sur son pilotage. Le trajet silencieux dure une vingtaine de minutes. La voiture s'engage dans la petite rue et longe le haut mur de pierres.

Léa colle sa joue contre la vitre et lève la tête. Les branches du grand cèdre bleu s'aventurent hors de l'enceinte imposante, saluant le retour à la maison de la jeune fille et du musicien. Léa est fascinée par les ramifications sombres qui passent au-dessus d'elle comme une immense toile d'araignée. Le taxi se gare devant l'entrée principale.

Léa glisse sa main dans la poche de son pantalon pour attraper son vieux porte-monnaie de cuir vert avec un fermoir métallique que lui avait donné Nicole. Elle le déclipse, jette un œil furtif sur le compteur aux chiffres rouges et récupère un billet. Elle le tend au conducteur et sans attendre l'appoint, elle pousse la porte et s'extrait du véhicule.

Une fois dehors, elle se saisit du paquet de partitions. Elle passe derrière la voiture. Elle pose le carton tout contre l'ouverture de fer et s'empresse de dégager la portière du côté de Raphaël. Elle se penche au-dessus de lui pour débloquer la ceinture. Elle le fixe dans les yeux.

— Allez ! Venez ! On rentre !
— Vous savez ! Je sais qui vous êtes ! Je vous reconnais !
— Allez ! On y va ! Merci, monsieur ! annonce-t-elle en regardant le chauffeur.

Léa aide Raphaël à sortir du taxi puis elle claque la portière. Le véhicule repart vers la ville sans traîner.

L'amertume

Léa attrape le carton et pousse du pied le lourd battant. Elle entraîne le musicien à l'intérieur de la propriété. Toujours avec la pointe de sa chaussure, elle referme derrière elle la grille de fer. Elle veille à bien la verrouiller.

Elle met le colis sous son bras et rejoint Raphaël qui s'avance vers la grande entrée de la maison. Le musicien s'engage le premier et laisse tomber son pardessus directement sur le sol. Léa le suit de près et le regarde faire.

Il se dirige aussitôt au salon puis écarte les deux battants de la pièce de musique. Il lève et accroche le capot du piano. Il ajuste le petit banc. Il s'assoit. Il contemple les touches. Il passe et repasse ses mains ouvertes au-dessus. Elles semblent légères. Elles demeurent en suspension dans le vide. Il reste dans cette posture pendant quelques minutes avant de se redresser et de faire volte-face.

— Je vais prendre une douche et m'habiller ! Nous dégusterons un thé après ? Vous voulez ?
— Heu ? Eh bien ? C'est que ? Balbutie, Léa.
— Très bien ! Je monte !

Raphaël sourit. Il relève et secoue la tête. Ses cheveux longs suivent le mouvement en dessinant une légère et élégante arabesque. Il passe fièrement devant Léa. Elle est un peu surprise. Léa le regarde jusqu'à ce qu'il disparaisse dans l'escalier.

Léa retourne dans le vestibule. Elle pose le carton abîmé qui contient les partitions. Elle range le manteau de Raphaël et remet les clés sur le tableau caché du fond de l'armoire.

Elle va dans la cuisine et allume la bouilloire électrique. Elle prépare tout pour le thé. Elle pense à cette journée en écoutant le sifflement du liquide frémissant. Elle prend conscience de la chance qu'elle a eue de retrouver Raphaël. Elle verse l'eau dans la théière et plonge l'infuseur. Elle remet le couvercle et prend le plateau.

Dans le salon, elle pose le tout au milieu de la petite table. Elle s'installe dans l'un des canapés et attrape son téléphone portable. Avec aisance et dextérité, elle ne prend que quelques secondes pour écrire et envoyer un message à Sarah :

« *J'ai retrouvé Raphaël ! Il se trouvait à la gare.*

Je suis arrivé juste à temps. Je te raconterais.

Bonne journée. Bises. »

Elle range son appareil dans sa poche. Un peu inquiète, elle se lève et monte à son tour pour voir Raphaël. Elle trouve la chambre grande ouverte. Le pyjama de Raphaël gît sur le sol. Elle le ramasse et le pose sur le bord du lit. Elle entend distinctement le son de l'eau qui ruisselle dans la douche. Elle s'approche de la porte de la salle de bains.

— Monsieur Raphaël ? Tout va bien ?

Elle colle son oreille sur le panneau de bois et frappe doucement avec ses doigts. Le bruit du liquide qui s'écoule et martèle la faïence ne s'interrompt pas.

— Monsieur Raphaël ? Est-ce que ça va ?

Elle écoute et attend quelques secondes. Elle saisit la poignée et entre dans la pièce d'eau. Raphaël, engoncé dans son peignoir, reste prostré dans un coin. Son visage est froissé et légèrement tuméfié. Ses cheveux sont en bataille. Il admire la lumière timide diffusée par la vitre opaque de la petite fenêtre. Léa accompagne son regard et aperçoit les ombres des branches du grand cèdre qui dansent comme dans les lanternes magiques.

Quatre lettres sont dessinées sur le miroir avec la buée. Le mot « FALSUM ». Cinq lignes d'une partition vierge sont tracées en dessous. Elle s'approche délicatement et s'accroupit à côté de Raphaël. Elle parle d'une voix douce et posée.

— Monsieur Raphaël ! Je suis Léa ! Vous vous souvenez ?
— Je joue ce soir ? Où est madame Sansouci ? Je ne vous connais pas !
— Si ! Si ! Je la remplace ! Inès et Charles sont à New York !
— Ah oui ! On est à l'hôtel *Central Park* ?
— Non ! Non ! Vous êtes chez vous ! Je vous ai ramené de la gare !
— La gare ? Je ne joue pas ? C'est ça ! Mes partitions ? Vous avez mes partitions ?
— Elles sont en bas ! Je vous laisse prendre votre douche ! Je vous prépare des vêtements propres !
— Ah oui ! La douche !

Léa regarde Raphaël se lever. Il semble bien décidé. Il passe devant le miroir et efface d'un revers de la main la buée. Il défait la ceinture de son peignoir et pose ses doigts sur l'encolure pour enlever la tenue de bain. Il se ravise quand il voit Léa.

— Je sais qui vous êtes ! Vous savez ! Vous êtes Chloé ! Vous remplacez madame Sansouci !
— Léa !
— Oui ! Léa ! C'est le prénom que j'ai dit ! Laissez-moi maintenant !

Léa se retourne et quitte de la pièce. Elle referme la porte derrière elle. Elle écoute quelques secondes les bruits en provenance de la salle de bain. Elle entend distinctement Raphaël et son drôle de chant : « *Dou Ba Dou Ba Di Dou Ba Ba Dip Dop Doo Dip Dip Dop Doo...* ».

Elle range un peu la chambre et ouvre l'armoire. Elle prépare des vêtements pour Raphaël qu'elle dépose sur le lit. Les piles d'habits ont été soigneusement disposées par Inès avant son départ. Elle en compte six. Toutes identiques. Toutes bien alignées. Elle sort de la pièce et descend au salon finir son thé.

Elle défait ses chaussures et s'installe confortablement dans l'un des canapés. Elle porte la grande tasse à ses lèvres. Elle n'a plus besoin de souffler sur sa boisson, car elle s'est bien refroidie. Tout en avalant quelques gorgées, elle revoit le déroulement de ce début de journée.

Elle évite de penser aux conséquences si elle n'avait pas retrouvé Raphaël. Elle préfère se persuader qu'elle savait très bien qu'elle allait vite le récupérer. Elle doit essayer de lui parler de sa découverte. Elle veut absolument avoir le fin mot de ce qui se passe dans cette maison. Elle prend son portable et le parcourt rapidement pour voir si elle a obtenu de nouveaux messages. Elle consulte la réponse laconique de Sarah : « *Tant mieux ! Sois prudente. On s'appelle.* ».

Raphaël effectue son apparition dans la pièce. Léa le suit du regard. Elle le trouve lumineux. Ses cheveux bruns ondulés tombent négligemment sur ses épaules. Sa figure est encore bien marquée des coups reçus, mais il apparaît pimpant. Il n'est pas rasé de près. Il est vêtu d'un pantalon de coton extensible vert et d'une chemise blanche. Il a troqué ses chaussures vernies noires pour une paire de tennis beige. Il arbore un air apaisé et un petit sourire se dessine sur son visage. Il s'assoit en face de Léa.

— C'est mon thé ? interroge-t-il.
— Oui ! Oui ! Il est tout juste chaud ! Voulez-vous que je le fasse réchauffer ?
— Non ! C'est très bien ainsi !

Il porte la tasse à ses lèvres et avale une grande gorgée de la boisson tiède. Il regarde fixement Léa. Elle se sent un peu gênée. Elle se redresse et plante ses deux pieds sur le parquet. Elle remet ses chaussures. Raphaël pose le petit récipient sur la table.

— J'ai fait n'importe quoi ! Je le sais bien ! Veuillez m'excuser pour ça ! Je me suis réveillé en sursaut après ce mauvais rêve qui revient sans cesse et me hante toutes les nuits ! Je voulais partir loin et quitter cette demeure ! Je suis descendu, j'ai pris mes partitions et je suis sorti. Le portillon était ouvert ! Après je ne me souviens pas !
— Vous m'avez fait peur, vous savez ! C'est aussi ma faute, car j'avais laissé la porte ouverte ! Je pensais vous trouver à proximité d'une salle de spectacle ! Finalement, je vous ai trouvé à la gare !
— Oui ! Oui ! Je vois encore l'homme qui s'est jeté sur moi ! Il empestait le mauvais vin ! Que me voulait-il ?
— Votre argent ! Vos partitions ! Ou vos belles chaussures noires ! ironise Léa avec un petit sourire.
— Mes... mes chaussures ?
— Oui ! Vos chaussures vernies ! Elles sont rangées soigneusement dans le placard de votre chambre !
— Mes chaussures de concert ! soupire-t-il. Je voudrais tellement jouer en public et donner à entendre ma musique ! Partager mes émotions ! La scène me manque tellement !
— Pourquoi ne le faites-vous pas ?
— Inès ne veut pas ! Elle dit que je suis malade et que ma place est ici ! Que c'est fini ! Fini ! Je dois composer encore et encore pour... s'interrompt-il, songeur.
— Pour qui ? Pourquoi tout ça ?
— Je dois travailler ! Je dois y aller ! Ils ne seront pas contents !

— Mais vous avez le choix ! Vous n'êtes pas obligé ! Interviens, Léa.
— Ils prennent soin de moi ! Ils comptent sur moi ! Depuis l'accident, je ne suis plus le même ! Je perds la tête ! Seule la musique me fait du bien !
— Vous voulez me parler de cet accident ?
— Non ! Je ne préfère pas, car ça me ferait faire encore de mauvais rêves !
— C'était quand ? insiste Léa.
— Cela fait bien deux ans maintenant ! Je crois ! Je ne me souviens pas bien ! Oui ! C'était le jour de l'inauguration de la nouvelle salle ! Tout ça ! C'est ma faute ! Je suis un meurtrier ! Je... Je dois travailler ! Je dois absolument travailler !

Raphaël se lève brusquement et file dans son atelier. Il referme les battants derrière lui. Déjà, une sombre mélodie se fait entendre. De lourdes notes de musique glissent sous la porte et se répandent en une flaque de tristesse. Un piano qui souffre sanglote de l'autre côté du mur. Léa, frustrée, ramasse le plateau et va dans la cuisine. Elle le pose sur la table et prend son portable.

— Allo ?
— Alice ! C'est moi, Léa ! Je ne te dérange pas ?
— Léa ! Contente d'avoir de tes nouvelles ! Tu vas bien depuis la soirée ?
— Oui ! Très bien ! Enfin, je...
— Quoi ? Tu es sûre que ça va ?
— Oui ! Oui ! Peux-tu te renseigner pour moi sur un accident de la route ?
— Un accident ! Qu'est-ce que tu as fait ?
— Mais rien ! Je n'aurais pas dû t'appeler ! Tu t'inquiètes pour un rien !
— Ah oui ! Un accident ce n'est rien ! Je te connais !

— Je ne suis pas en cause, je te dis ! Je m'occupe d'une personne qui a eu un accident il y a quelque temps et j'aimerais en savoir plus !
— D'accord ! D'accord ! Tu peux m'en dire plus ?
— C'est un accident de voiture qui a eu lieu le soir de l'inauguration de la salle de spectacle ! Tu vois ? C'était avec le grand pianiste de jazz, Raphaël...
— Oui ! Oui ! Je me rappelle ! Les journaux en avaient parlé ! Tu travailles pour lui ? Il est beau, non ?
— Oui ! Je travaille pour sa femme ! Mais qu'est-ce que vous avez toutes avec ça ? Je travaille ! Lâchez-moi un peu !
— D'accord ! D'accord ! Excuse-moi ! Je me renseigne sur ton affaire ! Je te recontacte dès que j'ai du nouveau ! Je t'embrasse !
— Merci Alice ! À très vite !

Léa glisse son téléphone dans sa poche. Elle regarde les aiguilles de la pendule. Il est beaucoup trop tard pour le déjeuner. L'après-midi est déjà bien avancée. Elle a faim. Elle trouve rapidement dans le réfrigérateur de quoi l'apaiser. Elle en profite aussi pour ranger la livraison alimentaire du jour qui attendait derrière la porte vitrée de la cuisine.

Elle déguste son encas en regardant le jardin par la fenêtre. Le grand cèdre déploie largement ces branches au-dessus du parc et retient le ciel terne. Il semble lourd et prêt à déverser son chagrin sur la ville. Léa trouve que le temps apparaît encore propice à la mélancolie. Elle s'y laisse prendre. Elle s'enveloppe dedans. Elle inspire profondément et soupire. La nourriture n'a plus de goût.

Léa pense à ses parents. Elle songe à sa mère d'abord dont elle n'a jamais eu de nouvelle. Elle se demande souvent quelle femme elle est devenue. Elle n'arrive pas à retrouver dans sa mémoire des images d'elle. Elle n'a pas de souvenirs où elles sont toutes les deux. Tout paraît flou en ce qui les concerne. Seules des sensations reviennent parfois.

Elle voit distinctement les scènes de violence entre sa mère et son père. Elle entend les claquements de portes et les hurlements. Les insultes et les coups. En fermant les yeux, elle serrait contre elle du plus fort qu'elle pouvait sa poupée de chiffon. Sa préférée. Elle portait une coiffe de dentelle, des cheveux roux et deux tresses de laines. Elle restait blottie derrière son lit ou sous son petit bureau de bois jusqu'à ce que la tempête soit passée. Sa poupée au sourire figé était noyée de larmes. Les larmes de Léa. Elle sortait de sa cachette à la nuit tombée fatiguée et apeurée.

Si Léa n'avait pas de nouvelles de sa mère, elle savait que son père était parti de la ville. Il s'était croisé un jour par hasard dans la galerie marchande du grand magasin. Elle aurait voulu l'éviter à tout prix, mais son père s'était trouvé si près qu'elle n'avait pas pu s'écarter. L'échange avait été rapide. En le regardant, il avait ouvert un large sourire. Il semblait ému de la voir. En venant vers elle, il avait souhaité la serrer dans ses bras, mais elle s'était vite reculée.

Elle ne désirait surtout pas qu'il l'approche de trop. Léa se souvient qu'ils avaient échangé quelques banalités. Elle s'impatientait tant elle voulait retrouver ses amies avec lesquelles elles couraient les magasins. Elle lui avait parlé d'un ton sévère et énervé. En quelques mots, il lui avait dit qu'il se rendait dans une autre ville plus au sud et qu'il aimerait bien la revoir. Il avait maladroitement griffonné une adresse sur une enveloppe. Elle avait récupéré le papier puis elle avait acquiescé d'un geste de la tête en l'accompagnant d'un « d'*accord* » presque indifférent. Sans plus de cérémonie, elle était repartie. Avant de reprendre le cours de sa vie, elle s'était retournée pour observer son père.

L'air triste, il regardait le sol. Il avait continué son chemin, contrit, dans le sens opposé. Léa n'arrive pas à compter le nombre d'années qui se sont écoulées depuis cette rencontre fortuite. Elle pense au sud. Le soleil. Une idée fulgurante inonde l'imagination de Léa. Partir. Partir loin.

Le téléphone se met à vibrer sur la cuisse de Léa. Elle reprend ses esprits et attrape l'appareil dans sa poche. Le visage rieur d'Alice s'affiche sur l'écran.

— Oui ? Tu as fait vite !
— Oui ! Oui ! C'était très facile ! On possède tout le « *matériel nécessaire* » ici ! Le numérique, tu sais !
— Alors ?
— Eh bien ! Finalement, je n'ai pas trouvé beaucoup d'informations ! C'était un banal accident de la route. Un rapport de police a quand même été dressé. Je te lis le procès-verbal dans les grandes lignes : « ... *La voiture roulait et a dérapé... Le chauffeur a perdu le contrôle... le véhicule est venu s'encastrer dans un abribus... Le chauffeur a été légèrement blessé par des éclats de verre... soignés sur place par les pompiers... alcoolémie normale... la passagère côté passager n'a pas été blessée... seul le passager arrière a été conduit à l'hôpital... ne portait pas sa ceinture... traumatisme et plaie à la tête...* » !
— Pas de mort ? Pas d'enfant ?
— Non ! Pourquoi ?
— Oh ! ... pour rien !
— En tout cas, c'est bien celui de ton pianiste ! C'est son frère qui conduisait ! C'est ce qui est indiqué dans le document !
— C'est noté ! Merci, Alice, pour les informations ! Tu travailles ce soir ?
— De rien ! Entre amies, tu sais ! Oui ! Je suis de permanence jusqu'à demain !
— Bon courage ! Bises !
— Léa ! On s'appelle vite !

Léa pose son téléphone sur la table. Tout en se servant un grand verre d'eau, elle repense à sa conversation avec Alice. Elle essaie de rassembler toutes les informations et de les ranger dans l'ordre. Elle tente de comprendre ce qui est vraiment arrivé à Raphaël. Elle devine facilement le stratagème mis en place par Inès et Charles. Elle ne saisit pas encore le pourquoi toute cette comédie sordide.

Depuis des mois, le musicien est manipulé et drogué à son insu. L'accident a choqué Raphaël et le coup qu'il a reçu à la tête explique ces pertes de mémoire. C'est depuis son séjour à l'hôpital qu'Inès et Charles maintiennent Raphaël dans cet état. Léa reste en colère et se mordille la lèvre.

Un tourbillon de questions tourne dans son crâne. Elle avale d'un trait le grand verre d'eau. Elle pose le récipient dans le fond de l'évier. Elle appuie ses deux mains sur le bord du plan de travail et regarde dehors. Elle ne sait pas encore quoi entreprendre, mais elle va trouver une solution pour sortir Raphaël de cette situation. Elle s'investit d'une mission de sauvetage. Elle doit l'aider. Elle doit absolument venir à son secours.

À l'extérieur, le vent se met à souffler et fait claquer la porte du garage. Léa se précipite pour la refermer au moment où la pluie s'invite. Elle place le loquet en quelques secondes. De grosses gouttes lui tombent sur le haut du crâne et glisse dans ses cheveux. L'eau froide finit par ruisseler sur son visage. Léa rentre rapidement dans la maison. Elle secoue la tête. Elle revient avec un air déterminé.

Pendant que le musicien s'adonne à son art, Léa tente d'élaborer un plan. Elle retrouve un peu d'envie en préparant le dîner. La nuit va bientôt accompagner la pluie et elle va recouvrir la ville d'un voile noir, sombre et épais. Léa enfourne le plat et ajuste le thermostat. Elle attrape un verre à pied et le pose sur la table. Elle ouvre la porte de l'armoire à vin et sort une des bouteilles déjà entamées. Elle ôte le bouchon de liège et remplit généreusement son récipient.

Elle s'assoit sur une chaise de bois et regarde fixement la lumière du four. Elle n'arrive pas à s'en détacher et son esprit est préoccupé par toute cette histoire. Elle aimerait avoir la bonne idée qui résoudrait tout.

Du salon de l'artiste, une musique se fait entendre. Elle semble lointaine et élégiaque. Léa écoute la plainte et avale une grande gorgée de vin. Elle pose le verre devant elle et retire son portable de sa poche. Elle déverrouille l'appareil et ouvre un navigateur web. Elle saisit le prénom de Raphaël, son nom et le mot « *jazz* ». Sur l'écran s'affichent une longue liste de liens et beaucoup de photographies. Elle fait vite défiler les images. Elle se rend sur la page estampillée « *officiel* ». Au loin, les notes de piano tombent lourdement et s'écoulent dans la maison comme les gouttes de pluie qui martèlent le toit, se rassemblent et chutent dans les chéneaux de zinc.

Léa lit rapidement les premières lignes de l'article puis s'attarde un peu plus sur les suivantes. L'auteur y retrace la vie de l'artiste avec pléthore de détails et d'anecdotes. Raphaël et Charles ont commencé la musique ensemble. Ils sont passés par le conservatoire et se consacraient surtout au répertoire classique. Ils étaient visiblement destinés à de grandes carrières de soliste. Raphaël excelle au piano et Charles joue du violon. Raphaël se montre le plus doué et compose dès les premières années.

Léa devine à la lecture de la page que leurs parents n'ont guère apprécié l'évolution des jeunes garçons vers un style « *improvisée* » comme ils disaient. À la « *prosodie* » mal taillée poursuivaient-ils. Léa bute et grimace sur ce mot. Elle continue sa découverte. Elle constate le palmarès des deux frères et leurs multiples concerts. Ils se sont produits dans d'innombrables manifestations. Charles, un peu en retrait, s'occupe plutôt de la carrière de son aîné même s'ils jouent ensemble parfois. Raphaël rencontre Inès lors d'un récital dans un festival d'été. Le printemps suivant, ils se marient. Léa imagine une cérémonie grandiose et magnifique. Elle marque une pause dans la lecture et boit une bonne gorgée de vin.

Léa trouve que la discographie de Raphaël est immense. L'article relate les multiples éloges publiés sur lui. Raphaël ne reste pas enfermé dans un seul style musical. Il s'autorise toutes les expériences. Les extraits de journaux intégrés à la page numérique mettent en avant l'originalité et l'inventivité des compositions de Raphaël. Juste avant l'accident, il semble au sommet de son art. Léa ne découvre pas grand-chose sur cet épisode. Elle visualise tout juste quelques photographies prélevées de magazines locaux. Elle aurait aimé en savoir beaucoup plus avec force détails. Elle comprend aisément que cet incident marque la fin de la carrière de Raphaël et le début fulgurant de celle de son frère.

Léa pose son téléphone sur la table et remplit son verre. Elle contemple le liquide couleur jaune paille. Elle apparaît pensive. Elle reconstitue le mystère. Les deux amants se servent sans vergogne de Raphaël. La musique s'est arrêtée. Léa se lève et interrompt la cuisson du plat. Elle sort de la cuisine.

Dans le salon, elle retrouve Raphaël. Les portes de la pièce de l'artiste restent grandes ouvertes. Le piano est seul. Raphaël est assis sur un fauteuil. Il montre un regard vide. Les bras ballants. Dans une de ses mains, il serre quelques partitions. Les feuillets sont couverts de notes et griffonnés. Léa s'approche de lui et parle doucement. Il lève légèrement la tête dans sa direction. Il observe Léa avec étonnement.

— Monsieur Raphaël ? Avez-vous faim ? J'ai préparé le dîner !
— Oh ! Oui ! sourit-il.
— Installez-vous dans la salle à manger ! Je vais chercher le repas !
— Qui êtes-vous ? Madame Sansouci n'est pas là ? Où sont Inès et Charles ?
— Je suis Léa ! insiste-t-elle avec fermeté.

— Ah ? Oh ! Oui ! Oui ! Je sais... Je sais qui vous êtes !
Allons manger !

Raphaël se lève. Il jette les documents papier sur l'assise du fauteuil et entre dans la pièce contiguë. Il est suivi de près par Léa. Il s'installe à la grande table. Léa passe derrière lui et file dans la cuisine. Elle pose les assiettes, les couverts et les serviettes sur le plateau. Elle empoigne un torchon et baisse la porte du four. Avec précautions, elle sort le mets fumant. Elle le met sur un dessous de plat et emporte le tout dans la salle à manger.

Elle dispose rapidement les ustensiles sur la table. Elle s'empare de la clé du petit secrétaire et l'ouvre. Elle s'apprête à préparer le médicament de Raphaël puis elle se ravise. Elle ne peut pas continuer à donner à Raphaël un traitement douteux. Elle relève la tablette et tourne la clé. Elle s'installe en face de Raphaël. Elle attrape la grande cuillère et remplit une généreuse assiette qu'elle pose devant Raphaël.

— Attention ! C'est très chaud ! Ne vous brûlez pas !
— Merci ! Je vais faire très attention !
— Je vais dans la cuisine chercher de l'eau et du pain !
— Oui... oui ! Ça sent rudement bon ! Je ne prends pas de médicaments ce soir ?
— Non pas ce soir !
— Bien ! Alors, mangeons ! Je dois être en pleine forme pour le concert de ce soir !
— Heu, de quel concert parlez-vous !
— Celui de ce soir au grand théâtre ! Il sera plein, vous verrez ! Inès et Charles y seront ! Je vais proposer beaucoup de nouveauté !
— Monsieur Raphaël ! Vous n'avez pas de concert prévu ce soir !
— Ah ? Pas de concert ? Pas de public ? Mais... Mais tout le monde sera là !

— Non ! Non ! Le théâtre est fermé ! Vous ne trouverez personne ! Je dois m'occuper de vous ! Vous ne vous souvenez pas ?
— Fermé ! Je ne joue pas alors ? Et Inès ? Et Charles ?
— Ils sont en voyage ! Je remplace madame Sansouci !
— J'aime bien madame Sansouci ! Vous la connaissez ?
— Non ! Je...
— En voyage ! Sans moi ? Voyage ! J'ai composé un thème qui s'appelle ainsi ! Vous voulez l'entendre ?
— Monsieur Raphaël ! Pas maintenant ! Vous devez manger d'abord ! Allez-y ! Et ne vous brûlez pas !

Raphaël admire fixement sa soucoupe. Léa le regarde faire. Il s'approche avec précaution son visage de l'assiette. Il souffle doucement sur son contenu. Il répète l'opération plusieurs fois avant de se saisir de sa fourchette et commencer à se nourrir.

Léa effectue un rapide passage par la cuisine et s'installe à table en face de Raphaël. Elle aussi a très faim. Afin de pouvoir goûter, à son tour, elle s'oblige à la même opération que Raphaël. Ils entament le repas en silence. Il est tout juste entrecoupé par le choc des couverts sur la porcelaine des écuelles et le bruit de l'air qui s'échappe des deux bouches affamées pour refroidir le plat. Quand les assiettes se trouvent presque vides, Léa regarde Raphaël. Il semble soucieux. Il a mis sa fourchette dans son assiette.

Les paumes de ses mains sont posées sur le rebord du grand plateau. Il ne bouge pas. Il reste ainsi pendant plusieurs minutes avant de lever ses mains au-dessus de la table et d'agiter ses doigts comme s'il se trouvait devant son piano. Léa entend qu'il murmure des notes tout en simulant son jeu avec ses mains. Sa tête s'oscille de droite à gauche et suit les mouvements amples de ses doigts. Parfois, ses mains opèrent des gestes un peu plus saccadés. Il hausse alors la tête et ferme les yeux.

Léa n'ose pas l'interrompre et contemple, médusée, la parfaite pantomime. Elle sentirait presque le son du piano. Puis Raphaël ralentit le balancement de ses mains et s'arrête d'un coup. Il regarde Léa, sa seule spectatrice. Pourtant, la pluie s'invite également au concert improvisé en fouettant la vitre comme une cascade de centaines d'applaudissements.

— Comment avez-vous trouvé ça ? La fin doit être encore améliorée, je pense !
— Eh bien ! Je…
— C'est bien ça ! Le thème se termine trop brutalement ! Je dois changer ça !
— Je ne suis pas musicienne, mais j'ai cru entendre votre musique !
— Bien sûr que vous l'avez entendu ! Je dois travailler et améliorer encore la fin du thème ! La fin ne va pas ! Non ! Elle ne va pas ! J'y retourne !
— Vous devez vous ménager un peu ! Vous ne voulez pas prendre un dessert ou une boisson chaude ?
— Ah ! Oui ! C'est bien ! Alors, d'accord pour une tisane !
— Je vais chercher ça ! Je vous retrouve au salon !

Raphaël se lève et rejoint la pièce d'à côté en se grattant la tête et en sifflotant. Léa débarrasse la table et emporte le tout dans la cuisine. Elle ne passe pas longtemps à ranger et enclencher le bouton du lave-vaisselle. Elle prépare les tisanes, accompagnée par le doux son du ronronnement de la machine.

Avec le laboratoire qu'elle a découvert dans la serre, elle vérifie deux fois les sachets des infusions. Elle regarde bien les étiquettes et en hume le contenu. Rassurée, elle verse l'eau bouillante. Elle saisit les anses du support de bois et gagne le salon. Raphaël est allongé sur l'un des canapés et relit ses partitions. Il se redresse à l'arrivée de Léa et pose ses feuilles sur la table basse. Léa place le plateau à côté. Elle tend une grande tasse à Raphaël. Il sourit.

— Oui ! Je sais ! C'est très chaud ! Je vais faire attention !
— C'est ça ! reprend Léa en lui rendant son sourire.
— Léa ! Je sais que vous appelez Léa ! Je sais très bien que je perds la mémoire ! Il ne me reste que la musique ! Ma musique ! J'ai des moments de... lucidité, mais ils sont de moins en moins fréquents !
— Vous êtes dans cet état depuis l'accident ? interroge Léa.
— Oui ! Je pense que c'est à cause de ça !
— Vous savez que ce n'est pas vous qui conduisiez la voiture le soir du drame !
— Vraiment ? Comment savez-vous ça ? Et mes cauchemars ? Je n'y crois pas !
— J'ai demandé à une amie de vérifier ! Elle travaille au tribunal ! Elle a consulté le rapport de gendarmerie ! Il mentionne que c'est votre frère qui conduisait ! Votre femme était à côté de lui et vous étiez derrière sans votre ceinture ! C'est la vérité !
— Mais pourquoi ne m'ont-ils rien dit ? Je suis resté dans le coma pendant quelques jours et après je ne me souviens plus de rien ! Comment ai-je pu inventer cette histoire d'enfant ? Pourquoi ferais-je ce mauvais rêve très souvent ? C'est bien réel pourtant !
— Monsieur Raphaël ! Je suis persuadé qu'on vous drogue ! En plus, j'ai découvert un appareil de projection dans votre chambre ! Ils se servent de vous !
— Non ! Non ! Je ne peux pas le croire ! C'est impossible ! Je sais très bien que ma femme me trompe avec mon frère depuis longtemps ! Ils ne s'en cachent plus ! Mais pourquoi ? Pourquoi me faire croire à cet accident horrible ? J'ai les images dans la tête ! Impossible de m'en débarrasser !
— C'est cet appareil dans votre chambre ! Il diffuse en boucle de fausses images !
— Vous... vous êtes sûr de ça ?

— Oui ! Oui ! Je les ai vus !
— C'est à peine croyable !
— Que veut dire « *falsum* » ? Continue Léa qui profite de ce moment de clairvoyance de Raphaël.
— « *falsum* » ? Eh bien ! Ça veut dire ! Mensonge ! En latin ! Pourquoi cette question ?
— Vous l'avez écrit plusieurs fois sur le miroir de votre salle de bains !
— Tiens ? C'est curieux ! Non ?
— Peut-être que vous saviez déjà tout ça !
— Je ne vous comprends pas !
— Eh bien ! Je ne suis pas qualifiée dans ce domaine, mais inconsciemment…
— … je savais ! Ils se servent de moi ! Ils prennent mes compositions ! Mon frère est un imposteur ! Il m'a tout pris ! Ma musique et mon Inès ! Ma femme est une sorcière ! Qu'est-ce que je vais faire ? Qu'est-ce que je peux faire ? C'est incroyable ! C'est…
— Je vais trouver une solution ! affirme Léa.

Léa regarde Raphaël qui se lève. Il a les yeux écarquillés. Il avale d'un trait la tisane en grimaçant à cause de la chaleur du liquide. Puis, les bras le long du corps, il avance tel un fantôme. Il traîne les pieds. Il porte dans une main les partitions. Il pénètre dans le salon de musique et s'écroule en sanglots sur le clavier du piano. Il lâche les documents. Ils glissent doucement au sol comme les feuilles d'automne.

Avant de partir

Léa est désemparée. Elle se lève à son tour. Elle entre dans la pièce de l'artiste. Elle s'approche calmement de Raphaël. Elle pose une main sur son épaule.

— Monsieur Raphaël ! Raphaël ! On va partir !

Raphaël se redresse et regarde Léa. Il esquisse un sourire, mais ses yeux s'emplissent de peur. Il se retourne vers son instrument, secoue avec nonchalance la tête de gauche à droite et installe ses mains sur les touches. Il inspire profondément et commence à jouer.

Son interprétation devient aérienne. Ses doigts effleurent à peine le clavier comme suspendu à un fil invisible. Sa musique s'élève céleste et envoûtante. Léa se recule silencieusement et se love dans le canapé. Elle cale ses paumes ouvertes sur l'un des dossiers et laisse son visage s'y appuyer. Elle ferme les yeux. Le rythme et la douce mélodie finissent par l'emporter.

Quand Léa sort de sa langueur, Raphaël ne se trouve plus devant son piano. Léa parcourt la pièce du regard. Pas de Raphaël. Seule la porte-fenêtre qui donne dans le jardin est entrebâillée. Léa se lève et fonce vers la baie. Elle attrape les deux battants et se précipite sur la terrasse. Son cœur s'est mis à s'affoler et à cogner très fort.

Dans la pénombre, de l'autre côté, Raphaël se tient debout. Il s'est appuyé sur la balustrade et regarde le ciel. Une trouée dans l'épaisse couche nuageuse laisse apparaître une belle lune dorée à peine masquée par un lambeau de nimbus effiloché. L'endroit sent la fraîcheur, l'humidité et la terre mouillée. La légère brise du soir agite les branches des arbres. Sur l'horizon, les lumières de la ville basse scintillent et forment une guirlande immortelle. Elle n'entend plus aucun bruit. Léa s'approche de Raphaël en regardant vers le ciel.

> — C'est beau ! chuchote-t-elle.
> — Vous entendez cette musique ? Quelle profondeur ! Quelle harmonie ! Elle s'écoule jusqu'à nous comme l'eau pure s'échappe du glacier ! C'est ça !
> — Heu ! Bien ! Non ! Là, je n'entends rien !

Léa effectue tout son possible pour écouter la musique du silence dont parle Raphaël, mais elle n'entend rien. Elle profite de l'instant et pense à la suite. Elle se mordille le coin de la lèvre et attrape sa natte.

Elle la fait descendre près de son oreille et le long de son visage rosi par le froid. Les cheveux noués retombent jusqu'à sa poitrine. Et d'un coup de main agile, elle les remet dans son dos. Raphaël se retourne vers elle.

> — Vous connaissez madame Sansouci ? Et Inès et Charles ? Vous les connaissez ? Ils sont en voyage à New York ! Vous connaissez le *Canergie Hall* ? J'ai joué là-bas ! Je sais qui vous êtes, vous savez !
> — Je ne la connais pas ! J'ai croisé Inès et Charles quand je suis arrivé ! Je suis là pour m'occuper de vous pendant leur absence ! Vous devez rentrer maintenant ! On va finir par prendre froid !
> — Oui ! Oui ! Je dois me coucher tôt ! Je joue demain !
> — On verra ça ! Rentrons !

Léa suit Raphaël vers la maison. À l'intérieur, Raphaël file directement à l'étage. Léa prend le temps de s'assurer que toutes les portes sont bien fermées. Elle vérifie le téléphone et le répondeur. Elle ne sait plus quand Inès doit rappeler. Elle se demande même si elle le lui a dit. Elle ne trouve pas de messages.

Avant de monter voir Raphaël, Léa regarde rapidement son portable. Elle ne découvre aucun avertissement. Elle grimpe jusqu'à la chambre de Raphaël. La porte est ouverte. Elle entre. Il est vêtu d'un nouveau costume de nuit bleu et s'affaire à plier ses habits. Léa vérifie que les volets et la fenêtre sont bien fermés.

Elle tire le lourd rideau de velours. Elle regarde le panneau de bois qui masque le minuscule réduit attenant. Elle reste sûre qu'il ne fabriquera pas de cauchemar cette nuit. Elle attend que Raphaël se glisse dans son lit et se retourne pour sortir de la pièce.

— Vous pouvez me laisser la veilleuse allumée ? Supplie Raphaël.
— Oui ! Oui ! Bien sûr ! répond Léa en actionnant l'interrupteur de la petite lampe.
— Merci ! Vous aimez le piano ? Vous connaissez le jazz ? Je suis... j'étais un grand artiste, vous savez ! Madame Sansouci ne connaît rien à la musique ! Je compose ! C'est là dans un coin de ma tête ! Inès et Charles ne seront pas contents ! Non ! Pas content...
— Ne vous en faites pas ! Calmez-vous et passez une bonne nuit ! À demain !

Léa éteint la lumière principale de la chambre et ferme la porte derrière elle. Elle se rend directement dans la sienne. Elle s'allonge sur le lit et passe en revue, dans sa tête, toutes les ouvertures de la demeure pour être sûre qu'elle n'en a pas oublié une.

Elle remonte les coussins et allume le petit téléviseur. Elle s'assure que le volume reste au plus bas. Elle se sent sans énergie. Cette journée l'a épuisée. Elle se lève malgré tout. Elle se déshabille rapidement et se précipite dans la salle de bain.

Elle se regarde un instant dans la glace. Ces yeux sont cernés et un peu creusés.

Elle ébauche une grimace et se mordille la lèvre tout en détachant ces cheveux. Libérés, ils prennent du volume et ondulent sur ses frêles épaules. Elle plisse son petit nez. Elle se saisit du tube de dentifrice et de sa brosse à dents. Elle enfourne l'ustensile et commence à frotter. Elle reste très fière de sa belle dentition et de sa fine bouche.

Mais ce soir, elle se voit trop maigre. Elle trouve ses épaules saillantes et mal équilibrées. Elle n'aime pas son buste qu'elle juge toujours trop voûté. Elle voudrait que ses seins soient plus menus et légèrement moins écartés. Elle regrette son petit ventre des angoisses et celui des fêtes arrosées. Elle crache salive et pâte dentaire. Elle se nettoie la bouche et entre dans la douche. Elle attend que la température soit brûlante pour se mettre dessous.

Elle demeure un bon moment, immobile, sous le jet d'eau avant de se savonner. Le rinçage s'avère plus rapide. Elle reste un instant de plus. Elle lève les yeux pour profiter du bien-être du flot. Elle passe la main gauche dans ses cheveux puis elle ferme le robinet. Elle attrape une serviette et s'enveloppe dedans. Elle lance un regard furtif dans le miroir. Elle n'a plus de problème avec son apparence. La glace est couverte de buée. Elle revient dans la chambre et se jette sur le matelas.

Elle récupère son portable et consulte les messages d'Alice et Sarah qui lui souhaitent une bonne nuit. Elle échange son appareil pour une télécommande et commence un balayage hypnotique des différentes chaînes. Elle finit par avoir froid et se met dans les draps.

L'odeur de lavande du linge de lit lui chatouille les narines. Elle s'enfonce dans les coussins et remonte l'épaisse couverture jusqu'au cou. Elle ne veille pas longtemps avant d'éteindre l'écran et la lampe de la pièce. Léa doit penser à demain. Elle est convaincue qu'ils doivent partir. Elle doit tout organiser cette nuit. Dans son sommeil.

Quand Léa ouvre les yeux, un rayon de lumière vive perce de part en part toute la chambre et coupe le lit en deux. Elle est reposée. Elle se lève et se dirige directement vers la fenêtre. Elle actionne la poignée pour la dégager puis décroche les volets. Elle pousse les deux battants.

Le soleil matinal l'aveugle et remplit la pièce d'une belle lueur blanche. Le froid lui caresse le visage et lui pique le nez et la gorge. Elle laisse les vitres béantes et passe dans la salle de bain. Elle entreprend des ablutions expéditives. Elle prend juste le temps de démêler ses cheveux. Elle tresse deux petites nattes qu'elle attache ensemble derrière la tête. Elle maquille très légèrement ses yeux. Elle range sa trousse de toilette et revient dans la pièce.

Elle se vêt rapidement, met ses chaussures et refait son baluchon. Elle sort de la chambre pour se rendre à la cuisine. En passant auprès de la porte de Raphaël, elle reste attentive au moindre bruit. Elle n'entend rien.

Dans le salon, Raphaël attend là. Il est assis sur le bord du canapé. Il est correctement habillé. Un beau sac de cuir trône à côté de lui. Devant lui, sur la table basse, sa boîte à chaussures et un rouleau de billets noués avec un élastique rouge sont bien alignés. Il tient tout contre lui ses partitions. Elle le regarde avec étonnement. Lui dévisage Léa avec un grand sourire quand elle entre dans la pièce.

— Bonjour… Laura… Lara… Léa ! Oui ! c'est ça ! J'ai très bien dormi ! Je suis prêt ! J'ai préparé mon sac ! Je vous attendais ! Quand partons-nous ?
— Bonjour, monsieur Raphaël ! C'est bien que vous ayez bien dormi ! J'en suis heureuse ! Et… je sais pourquoi ! Nous allons prendre le petit déjeuner et après nous partirons !

— Ah ? D'accord !
— Installez-vous dans la salle à manger ! Je reviens tout de suite !

Léa continue vers la cuisine et dresse promptement le plateau. En attendant que les boissons chauffent, elle ouvre la porte qui donne sur l'extérieur et récupère les plats livrés plus tôt. Elle les range rapidement et termine la préparation des bols. Elle rejoint Raphaël et pose le repas.

La pièce se remplit d'une bonne odeur de café, de thé et de pains grillés. À peine installé devant sa tasse, il se jette avec gourmandise sur les tartines. C'est la première fois que Léa le voit manger avec autant de précipitation et d'envie. Elle grimace et regarde avec horreur le secrétaire qui renferme les poisons. Léa prend son temps pour savourer sa boisson « réveil-matin » et grignote la moitié d'un toast.

Elle fait glisser le portable de sa poche et consulte les horaires de train. Elle n'opère que quelques frottements d'index sur l'écran pour repérer le bon. Elle pose son téléphone et termine son breuvage. Elle regarde Raphaël qui dévore à pleines dents les tranches de pains légèrement dorés. Léa récupère son appareil et réserve un taxi. Raphaël vide son bol et s'essuie la bouche.

— Alors ? Quand partons-nous ?
— Un taxi vient nous chercher dans un peu moins d'une heure pour nous emmener à la gare ! Notre train part à dix heures quarante-sept ! Nous avons le temps de nous préparer !
— Je suis prêt !
— Monsieur Raphaël ! Puis-je vérifier votre valise ? D'où vient tout cet argent ?
— Oui ! Oui ! Madame Sansouci faisait ça aussi ! Inès s'en fiche ! L'argent ? Eh bien ! C'est le mien ! Celui qu'ils ne m'ont pas pris ! Je l'avais bien caché ! En attendant, je vais dans le salon de musique !

Léa regarde Raphaël se lever et poser sa serviette sur l'assise du fauteuil. Elle l'imite et rassemble tout dans le plateau. Elle nettoie rapidement les traces du repas sur la table et se rend à la cuisine. Elle prend soin de tout laver et de tout ranger à sa place. Elle se prépare un nouveau café qu'elle sirote face à la fenêtre. Le soleil joue avec les nuages blancs et cotonneux dans un ciel presque dégagé. Les grands ramages du haut cèdre bleu entrent dans la danse et projettent des ombres chinoises sur la pelouse et le perron.

Depuis la cuisine, Léa sort prendre le frais et s'assoit sur le vieux banc de pierre devant la baie vitrée. Elle savoure les rayons du soleil qui réchauffe un peu le cœur et l'air vif qui lui pique les joues. Par la porte ouverte, la musique de Raphaël vient lui chatouiller les oreilles et se mêle aux chants des oiseaux. Léa se sent bien.

Léa ferme et verrouille l'accès extérieur de la pièce. Elle rince sa tasse puis revient au salon. Les battants de l'atelier de l'artiste sont écartés et Raphaël joue une mélodie enlevée et entraînante. Léa regarde le sac de Raphaël. Elle est agréablement surprise à la découverte de son contenu. Les vêtements sont bien pliés et rangés par catégorie. Il ne manque rien. Elle tire la languette de la fermeture éclair et rabat les deux attaches de cuirs.

Léa monte récupérer ses affaires dans sa chambre. Elle passe dans toutes les pièces et ferme fenêtres et volets. Elle pose son sac aux pieds des marches. Elle prend celui de Raphaël et l'aligne à côté du sien. Elle prend soin de préparer aussi les partitions et les souliers vernis. Elle glisse les billets dans sa poche. De la grande armoire du vestibule, elle sort un beau manteau. Elle le suspend à la main courante de l'escalier. En attendant l'arrivée du taxi, elle s'assoit dans l'un des canapés et empoigne son téléphone. Elle écrit rapidement un message à Sarah et Alice :

« jpar ac Raphaël. il a bzoin 2 chanG dR é mwa o6. il é drogué é manipulé par sa fem é son aman. son propr frèr ! jnsè pa pr combi1 2 tps jpar. jvs apL + tar. biz. »

Léa sursaute quand retentit le bruit de la sonnette du portail d'entrée. Elle se précipite à l'interphone et actionne l'interrupteur du haut-parleur.

— Oui ? Le taxi ! Ok ! Je vous ouvre !

Léa appuie sur l'autre bouton et libère la grande grille. Le taxi pénètre dans la propriété et roule doucement dans l'allée. Il contourne le cèdre bleu. Le gravier crépite sous les roues du véhicule. Léa regarde le chauffeur effectuer sa manœuvre pour se garer en bas du perron.

Elle voit Raphaël se précipiter dans le vestibule dès qu'il entend le son du carillon de la résidence. Il est heureux et excité comme un enfant. Elle charge les bagages dans le coffre de la voiture et donne son manteau et ses partitions à Raphaël. Elle l'installe sur la banquette arrière. Léa remonte dans la maison récupérer son blouson et s'apprête à fermer à clé la grande porte quand la sonnerie du téléphone de la demeure hurle bruyamment. Léa hésite. Elle sait que c'est un appel de Inès. Elle n'a rien préparé. Elle demande au chauffeur de patienter quelques minutes. Elle file au salon et décroche le combiné.

— Allo ? Qui est à l'appareil ?
— C'est Inès ! Qui voulez-vous que ce soit ? Est-ce que Raphaël va bien ? Avez-vous suivi mes instructions ? Et son travail ? Il travaille au moins !
— Oui ! Oui ! madame ! Tout va bien ici ! Il travaille dur ! Il travaille toute la journée. Il prend bien son poids... SA POTION ! Son médicament !
— Son quoi ? Je vous entends mal ! Son médicament ! Oui ! Très bien !
— Madame ! Il dort très mal !

— Ah ? Vraiment ? Les cauchemars bien sûr ! Donnez-lui systématiquement le sirop ! Vous m'entendez ?
— Oui ! Oui ! Je le ferais ! Excusez-moi, mais je dois vous laisser ! On va se promener !
— Vous allez faire quoi ? ... Vous promener ! Pas longtemps alors ! il doit travailler sa musique ! Nous préparons le grand concert de ce soir ! Je serais divine ! Comme d'habitude ! Charles sera merveilleux ! Je vous laisse !

Inès a raccroché brutalement et Léa est soulagée. Elle remet le combiné et enclenche le répondeur. Elle passe le vestibule et l'entrée. Elle claque la grande porte et tourne la clé. Elle monte dans le taxi à côté de Raphaël et s'adresse au chauffeur.

— Merci de nous déposer à la gare !
— D'accord ! Attachez vos ceintures !

Léa fixe sa ceinture et celle de Raphaël. La voiture s'avance doucement dans l'allée. Léa regarde la maison s'éloigner par la vitre arrière. Le soleil a perdu la partie contre les nuages. Ils s'amoncèlent au-dessus du vieil arbre. La lueur des rayons s'efface petit à petit puis disparaît. Le cèdre qui offre des reflets bleus dans la lumière du levant revêt maintenant une couleur sombre.

Le chauffeur stoppe sa voiture juste derrière l'immense grille. Léa s'extirpe de l'automobile et actionne la fermeture des grandes portes. Elle remonte dans le taxi qui démarre et prend la direction de la gare. Quelques embouteillages et quelques feux rouges plus tard, le véhicule s'arrête devant l'entrée principale.

Léa retire de sa poche les billets et paie la course. Elle récupère la monnaie et sort de la voiture. Elle dégage la porte de Raphaël. Elle passe derrière et débloque le coffre. Elle enlève son sac et l'installe sur ses épaules. Elle saisit celui du musicien et le jette sur le trottoir. Elle prend la boîte des chaussures qu'elle pose sur les bagages. Le chauffeur ferme les ouvertures et s'avance jusqu'à la station.

Raphaël met ses partitions sur le précieux carton et embrasse le tout entre ses bras. Léa attrape les deux anses de cuir du balluchon de l'artiste. Léa opère un geste de la tête pour inviter Raphaël à la suivre à l'intérieur.

— Nous allons prendre les billets ! Venez ! Suivez-moi !
— Oui ! Oui ! D'accord ! Je viens !

Léa s'approche du premier guichet libre et commande deux billets. Elle paie en liquide et récupère les deux sésames. Elle parcourt le tableau des trains en partance. Elle identifie le numéro du quai. Elle et son compagnon de voyage se trouvent un peu en avance.

Elle s'apprête à partir vers les accès aux rames quand elle voit Raphaël tétanisé et le visage fermé. Léa regarde dans la même direction que lui. Ils aperçoivent, de l'autre côté, l'homme au chariot rempli de sacs plastiques qui avait agressé Raphaël. Elle s'approche de Raphaël et se place juste devant lui.

— Monsieur Raphaël ! Regardez-moi ! Vous ne risquez rien ! Il ne se souvient même pas de vous ! Allez ! Venez avec moi !
— Je ne me souviens pas de tout ! Mais lui, je vois encore son visage tout proche du mien ! Il me fait peur !
— Ne vous inquiétez pas ! Je suis là !

Elle passe à côté de lui. Elle lui montre le chemin du quai. Par chance, le train les attend déjà là. Léa repère le numéro de la voiture. Ils montent rapidement et s'installent. Elle ôte son blouson et celui de Raphaël. Elle lui propose le siège côté fenêtre. Léa s'assure que les bagages sont bien calés au-dessus d'eux. Elle retire la boîte à chaussures des mains de Raphaël et lui trouve une place entre les deux sacs. Elle déplie la tablette devant Raphaël. Il pose ses feuillets dessus. Léa le voit sourire et tendre l'oreille quand la voix du chef de train annonce l'imminence du départ.

Voyage

Le convoi se met en marche doucement. Elle ne voit pas beaucoup de voyageurs dans le wagon. Léa regarde le quai à travers la vitre fumée. Côté voie, elle est salie des projections d'eau et de poussières. Léa ressent une boule au ventre. Elle n'a pas vraiment réfléchi à la chose qu'elle s'apprête à accomplir. Le train avance doucement et le bruit des boggies sur les rails lui rappelle sans cesse sa décision comme un écho. Elle essaie de ne plus y penser et se tourne vers son compagnon de voyage. Il affiche calme et sérénité, mais elle perçoit de l'excitation en lui. Il inspecte tout et tripote ses partitions avec nervosité.

Deux passagers qui cherchent leurs sièges regardent avec insistance dans la direction de Léa et Raphaël. Ils continuent et s'installent un peu plus loin. Ils reviennent et apostrophent Raphaël pour savoir si c'est bel et bien lui et s'ils peuvent obtenir un autographe. Léa fixe le couple puis Raphaël. Il est surpris et ne saisit pas vraiment l'objet d'intérêt de ces gens.

Léa ressent vraiment la solitude et la détresse du musicien. Il n'est plus celui qui l'a été et son frère a pris sa place. Elle lui dessine un signe de la main qui montre le geste d'une signature. Il la comprend tout de suite et son visage s'illumine. Il s'exécute. Son poignet effectue des soubresauts. L'écriture semble maladroite et heurtée. Raphaël tend le morceau de papier aux voyageurs. Satisfait. Il sourit. Léa aussi. Tous les deux sont un peu secoués par les mouvements du train. Elle regarde vers l'extérieur.

Le convoi se tord et se contorsionne pour se frayer un chemin et sortir de la ville. Léa remarque que Raphaël grimace et se tient alternativement les lobes des oreilles quand le grincement des wagons devient plus fort encore. Au-delà des banlieues à l'habitat gris et serré, le tissu urbain s'effiloche. La rame retrouve une trajectoire plus stable et son allure s'accélère.

Léa regarde Raphaël. Il paraît plus calme. Il se décontracte et s'enfonce confortablement dans son fauteuil.

Le train prend sa vitesse de croisière. Les paysages défilent. Léa se laisse bercer par les mouvements du wagon. Ses paupières pèsent lourd et sa vue se trouble. Elle ne lutte pas contre le sommeil qui la cueille.

Elle se rêve enfant. Elle est assise dans le salon et s'amuse avec une belle toupie. Elle appuie cinq ou six fois sur une longue tige torsadée pour faire tournoyer la capsule transparente. À l'intérieur, les couleurs s'agitent et se mélangent. Elle lâche le bouton de plastique rouge. Elle regarde le jouet s'éloigner sur le parquet. Il dessine de grandes arabesques et s'incline de droite à gauche. Il avance sur le sol et titube comme un ivrogne. Il finit sa course à l'autre bout de la pièce. Il s'est échoué sur le flanc.

Léa pense à son père qu'elle a vu souvent s'affaler sur le canapé après une traversée houleuse de l'appartement. Léa se souvient qu'elle avait récupéré le jouet dans un vide grenier non loin de chez elle. Elle avait porté son trésor serré contre elle pendant tout le trajet du retour vers son logement. Elle ne s'était jamais lassée de regarder voleter l'objet et de voir les couleurs se mélanger. Les rayons du soleil transperçaient la pièce et la carapace translucide de la toupie pour projeter des reflets irisés sur les murs et le sol.

Un jour gris, triste et embrumé d'alcool, son père avait empoigné le jouet qui attendait sagement dans l'entrée le retour de Léa et il l'avait jeté par la fenêtre. La toupie a fini de tourner sur le parvis de béton d'une cité. Léa s'était enfermée dans sa chambre pendant des heures pour pleurer jusqu'à ne plus ressentir de larmes. Elle serrait contre elle sa poupée de chiffon tout en lui donnant de grands coups de poing. Léa s'efforce de se réveiller doucement pour échapper à ce souvenir tragique et douloureux.

À côté d'elle, Raphaël a les yeux rivés sur les paysages qui défilent derrière l'épaisse vitre du wagon. Rarement, il pose son attention sur ses partitions. Léa récupère son téléphone et regarde ses messages. Elle compose deux courtes notes pour Sarah et Alice pour les informer de sa destination. En écrivant les textos, elle devine facilement les questions et les réprobations de ses deux amies.

Malgré ça, elle envoie les mots. Un signal sonore puis une annonce diffusée par les haut-parleurs précisent aux voyageurs l'ouverture du bar et du service de restauration. Léa se lève de son siège et indique à son compagnon d'expédition qu'elle part chercher de quoi manger et boire.

Raphaël lui répond juste par un regard furtif et tourne la tête vers l'extérieur. Léa traverse plusieurs voitures pour se rendre à la voiture-restaurant. Elle voit déjà beaucoup de monde à patienter avant d'être servie. Elle doit attendre une vingtaine de minutes pour pouvoir accéder au comptoir.

Pendant ce temps, elle peut tranquillement réaliser son choix. Elle sait donc exactement les sandwichs qu'elle veut quand elle se présente devant le barman. La transaction s'avère rapide et efficace. Boissons et sandwichs sont aussitôt mis dans un sac de papier. Léa revient vers sa place aussi vite que possible en résistant aux secousses du train et en louvoyant entre les voyageurs debout dans les couloirs.

Léa emprunte plusieurs sas avant de retrouver son wagon. Au niveau de son siège, elle aperçoit un contrôleur avec la casquette vissée sur la tête et les mains posées sur le haut des fauteuils. Il paraît en grande discussion avec Raphaël.

Un autre homme avec les insignes identiques et le même couvre-chef attend derrière lui. Il semble passablement énervé. Léa s'approche rapidement pour écouter la conversation. Elle reste prête à intervenir en cas de besoin.

— Monsieur ! Non ! Je ne connais pas cette madame Sansouci ! Pour tout vous dire, je m'en fiche ! Vous me faites perdre mon temps ! Je vous demande votre titre de transport ! Si vous n'en avez pas, vous êtes en infraction ! Je serais dans l'obligation de dresser un procès-verbal et de vous faire payer une contravention ! Alors ?

— Heu... Eh bien... Vous aimez le piano ? Vous savez que j'ai joué partout dans le monde ! Vous connaissez le *Canergie Hall* de New York ? Inès et Charles... Le piano ! Je dois composer ! Je dois travailler !

— Monsieur ! Je ne connais ni cette madame *Sangêne* ni l'*Energie Bal* ! Vous êtes bien gentil, mais j'ai tout un train à contrôler ! Montrez-moi votre titre de transport ou nous descendrons à la prochaine gare ! hurle-t-il. Il regarde son collègue puis reprend.

— Non, mais tu l'as vu celui-là ! Il est débile ou quoi ? Il le fait exprès ! Mais moi je sais débusquer les tricheurs et les resquilleurs ! Allez ! braille-t-il en se retournant vers Raphaël.

— Maintenant, c'est fini la rigolade ! Mon petit gars ! Pour la dernière fois ! Montrez-moi votre billet ?

Léa se précipite et intervient directement. Elle se glisse devant son siège et s'interpose entre le contrôleur et Raphaël. Des passagers lèvent la tête et regardent la scène avec indifférence et replongent aussitôt dans leurs activités. D'autres, distraits par la situation et confortablement assis dans leur fauteuil, assistent au spectacle.

Certains observent avec amusement le numéro de cirque. Parfois ils sont effarés. Ils reçoivent le plein de sensations et d'anecdotes de voyage à raconter. Des histoires à déformer. Léa a le cœur qui bat fort. Elle pose le paquet et sort de sa poche les billets. Elle les tend à l'agent. Elle vient secourir Raphaël.

— Monsieur ! Je voyage avec lui ! Je vous montre tout de suite les billets ! intervient-elle avec assurance.
— C'est votre père ? Bravo ! ironise-t-il
— Il doit toujours avoir son titre de transport sur lui ! Vous me faites perdre du temps ! J'ai autre chose à faire !
— Ce n'est pas mon père ! Je m'occupe de lui ! Il perd un peu la mémoire ! C'est tout !
— On se connaît ? questionne Raphaël en observant Léa.
— Oui ! Je remplace madame Sansouci ! Vous savez ?
— Madame Sansouci ! Madame Sansouci ! Où est-elle ? Je dois rentrer travailler !
— Elle est en voyage ! Vous savez bien ! Vous avez vos partitions et vos souliers noirs ! Nous aussi on part en voyage ! rassure Léa en regardant Raphaël.
— Bon ! La prochaine fois, veillez à bien rester avec lui pour éviter ce genre d'incident ! Passez un agréable voyage ! termine le contrôleur.

Léa voit s'éloigner les deux agents puis elle s'assoit dans son fauteuil. Raphaël l'imite. Il semble plus calme. Léa capte quelques regards gênés ou compatissants parmi les autres voyageurs.

Les deux amateurs d'autographes lui adressent un sourire forcé. Elle ouvre le sac de papier et prend une bouteille d'eau qu'elle tend au musicien. Elle soupire et récupère la sienne. Les premières gorgées s'avèrent agréables. Elle est soulagée et son cœur retrouve un rythme normal.

Elle attrape au fond du cabas les deux sandwichs emmaillotés dans un film plastique. Elle défait en partie le premier qu'elle donne à Raphaël. Il l'empoigne des deux mains et croque dedans avec envie. Léa pose le sien sur sa tablette et déplie une serviette de papier sur les cuisses de son compagnon de voyage. Elle effectue la même opération de son côté et mord à pleines dents dans le pain garni et mou. Léa contemple Raphaël qui mange goulûment. Il fixe l'extérieur. Hypnotisé. Le train ralenti. Raphaël finit sa bouchée et se tourne vers Léa.

- Je sais qui vous êtes, vous savez ! Vous remplacez madame Sansouci. Je n'ai pas aimé ces deux hommes ! Ils m'ont fait peur ! Nous sommes arrivés ? Où allons-nous ? Est-ce que je joue ce soir ?
- Ils n'étaient pas très sympathiques, en effet ! Je n'aurais pas dû vous laisser seul ! Nous ne sommes pas encore tout à fait arrivés ! Encore un peu de patience ! Nous allons vers le sud et le soleil !
- D'accord ! Je n'ai pas travaillé aujourd'hui ! Ils ne vont pas être contents !
- Monsieur Raphaël ! Je vous l'ai déjà expliqué ! Ils se servent de vous ! De vos compositions ! C'est vous le pianiste ! L'artiste ! Vous ne devez plus vous laisser faire !
- Mais… mais je ne peux plus jouer devant le public ! Inès et Charles me l'ont dit !
- Et pourquoi ? Pourquoi ne pouvez-vous pas jouer en public ? Vous avez bien joué pour moi !
- Je ne sais plus ! Je ne sais pas ! Les médicaments ! Je fais des cauchemars et j'ai mal à la tête !
- Ils utilisent vos talents et abusent de vous ! Ils vivent votre vie à votre place ! Ils vous empoisonnent depuis des mois ! Lors de l'accident, vous avez eu un traumatisme crânien et ils en ont profité pour vous administrer un remède qui vous donne des hallucinations ! Ils vous font croire à une autre réalité !

– Mais... mais... ma mémoire ? Que devient-elle ? La musique ? Le piano ?
– Je... je ne sais pas trop ! La musique c'est vous ! Vous pouvez vous accrocher à ça ! Peut-être que le reste reviendra ! Nous allons changer de lieu ! L'arrêt de votre faux traitement et quelques bonnes nuits vous feront le plus grand bien !
– Merci... Léa ! sourit Raphaël.

Après quelques soubresauts, le train repart. Léa regarde Raphaël. Il finit son repas et avale une longue gorgée d'eau. Léa plonge la main dans le sac et attrape un gâteau au chocolat qu'elle tend à Raphaël. Il s'en saisit et le pose sur la tablette devant lui. Il le casse en deux et prend un morceau délicatement entre ses doigts. Il l'engloutit d'un coup. Léa s'hydrate à son tour.

Elle consulte son téléphone. Comme elle avait prédit, ces deux seuls messages correspondent à ceux d'Alice et Sarah. Comme elle s'y attendait, ils ne contiennent que reproches et incompréhensions. Elle ne répond pas et regarde elle aussi vers l'extérieur.

Les collines verdoyantes, les haies, les bosquets et la mosaïque des cultures font petit à petit place à de vastes étendues de vignes et de vergers. Parfois, de petits coteaux à la végétation rugueuse viennent froisser ces cultures tapissées. Les couleurs vives deviennent pastel. Le ciel gris et chargé s'éclaircit. Le soleil et le vent règnent en maître. Le train traverse à vive allure la grande plaine. Elle est tailladée par de rares cours d'eau. Les rivières sages, vertes ou bleues s'écoulent paisiblement. Elles ont creusé de confortables lits dans la roche dure. Elles s'en échappent parfois après de fortes pluies.

Sur l'horizon sont posées des montagnes au sommet d'un blanc éphémère. Sous un soleil ardent, mais dans un air encore frais, le train ralentit et entre dans une ville importante. Les pavillons aux toits d'ardoises ont laissé leur place à des maisons blanches aux couvertures de tuiles orange, rouge et ocre. Les grands immeubles restent les mêmes. Seul l'éclairage naturel change.

À l'annonce de l'arrivée imminente, Léa s'extrait de son siège et commence à rassembler les affaires. Raphaël suit le mouvement. Il semble même impatient de descendre. Il prend ses partitions et sa boîte à chaussure. Un courant d'ensemble se forme dans le wagon et dans tout le train. La fébrilité reste palpable.

Des voyageurs pressés s'agglutinent déjà près des issues. Les valises et les sacs s'entrechoquent. Les passagers s'agacent. Léa demeure à côté de Raphaël. Jusqu'à l'arrêt de la rame et l'ouverture des portes, ils restent à leur place. En quelques minutes seulement le flot s'écoule sur le quai. Quand le compartiment semble presque vide, Léa indique à Raphaël de la suivre. Il se lève et s'exécute.

Léa accède en premier à la plateforme. L'hiver se montre toujours bien présent, mais un air chaud l'enveloppe et lui caresse les joues. Elle pose son sac et celui de Raphaël sur le sol. Elle se retourne et attrape d'une main la poignée verticale sur le côté de l'ouverture du wagon. De l'autre, elle prend le bras de Raphaël pour le soutenir dans la descente. Il l'a toise avec une mine offusquée.

— Je peux encore me débrouiller tout seul ! Je ne suis pas impatient ! Heu... impotent, je veux dire !
— D'accord ! D'accord ! Comme vous voulez ! Allons-y !

Léa récupère son bagage qu'elle jette sur son épaule. Elle empoigne la valise de Raphaël et avance vers la sortie de la gare. Raphaël la suit de près. Léa pénètre dans le grand hall presque désert. Un homme en costume le traverse à grandes enjambées. Un individu essaie de dormir sur une banquette inconfortable dans l'espace d'attente. Plus loin, une femme et un enfant n'en finissent pas de choisir une confiserie.

De l'autre côté de l'immense porte d'entrée coulissante, un petit attroupement s'est formé autour d'un cendrier extérieur en métal qui ressemble à une cigarette géante plantée dans le sol. Léa reste attentive à ce que Raphaël demeure toujours à côté d'elle. Tout en marchant d'un pas décidé, elle se dit que c'est la première fois qu'elle vient ici.

Elle ne s'attarde pas sur le parvis de la gare et fonce vers le premier taxi disponible. Une fois, les bagages dans le coffre, Léa et Raphaël s'installent à l'arrière du véhicule. Elle indique au chauffeur la destination. La voiture s'engage doucement sur la voie réservée puis s'insère dans la circulation urbaine dense et bruyante.

Ô père ! Ô frère !

Léa regarde Raphaël. Il reste calme. Il semble apaisé. Il contemple la ville.

Songeur. Sur ses cuisses, il a posé son carton et ses feuillets. Ses deux mains restent accrochées dessus. Il protège son trésor. Le chauffeur paraît plutôt taciturne et ça convient parfaitement à Léa. Elle tourne la tête du côté opposé et admire le paysage d'une autre cité qui profite encore un peu de la lueur du jour.

Le soleil descend inexorablement et se retire de la ville comme l'océan des rochers à marée basse. Les ombres des immeubles les plus hauts s'étirent et se déploient sur les quartiers voisins. Les façades blanches et lumineuses s'habillent pour la nuit et se teintent de gris. Léa regarde vers le ciel. D'un bleu profond, il s'embrase et rougit avant de devenir rose. De maigres nuages cotonneux et solitaires se maquillent de ces couleurs changeantes du soir tombant.

La ville s'efface dans la lueur déclinante et laisse place à une vaste campagne aride et brune. Le taxi roule et prend une petite route de plus en plus sinueuse. Léa pose son coude sur le rebord de la vitre et colle son visage sur son poing fermé. Elle demeure pensive et contemple le paysage. La plaine s'évanouit pour de maigres arpents de terre cultivés cernés par des collines d'un vert pâle et sec qui vire au gris quand les derniers rayons du soleil disparaissent. Au loin, le massif montagneux n'est plus qu'une ombre.

Le jour résiste encore un peu lorsque la voiture aborde le petit village désert. Léa se tourne vers Raphaël. Il s'est assoupi. Le mouvement du taxi le berce. Elle admire les belles demeures de pierres qui bordent la rue principale. L'automobile traverse la bourgade.

Sa gorge s'assèche et elle a mal au ventre quand le véhicule s'arrête devant un portail de bois. Il est prolongé par un muret tapissé de lierre. Derrière, Léa aperçoit une petite maison sur laquelle s'appuient une tonnelle en acier couverte de végétation et un vieux banc taillé dans la roche. Elle sent que Raphaël émerge de son sommeil.

Le chauffeur se tourne vers elle et annonce le prix qu'elle vient de lire sur le compteur. Elle paie la course et débloque la portière. L'homme s'extrait de la voiture et ouvre le coffre. Il y ramasse les deux bagages et les poses au sol. Raphaël est également sorti.

Léa vérifie du coin de l'œil qu'il trimbale bien avec lui chaussures vernies et partitions. Le conducteur ne perd pas de temps. Il salue les passagers, monte dans son taxi et repart vers la ville après une habile manœuvre de retournement. Léa ne peut plus reculer. Pendant qu'elle laisse s'éloigner la voiture, une lumière s'est allumée sur la façade de la maison. La porte principale s'ouvre doucement. Léa avale sa salive difficilement. Elle attrape ses nattes et se mordille la lèvre inférieure. Dans l'entrebâillement, elle distingue une ombre familière.

— Bonsoir, papa !
— Léa ? C'est toi ? Que viens-tu... !
— J'ai besoin d'un hébergement pour quelques jours !
— Ha ? Bon ! Je... !
— On peut entrer ?

Léa appuie sur le loquet du portail pour ouvrir l'un des vantaux. Elle attrape les deux bagages et se poste derrière Raphaël pour l'obliger à avancer. Il hésite puis s'aventure doucement sur les dalles de pierres de la courte allée qui mène à la maison. Léa ferme la petite barrière et suit Raphaël de près. Didier, le père de Léa, tient la poignée et se recule dans l'encoignure de l'entrée pour laisser passer le drôle de cortège.

— Qui c'est ? Ton mari ? questionne-t-il timidement.
— Non ! Pas du tout ! se justifie Léa. C'est un musicien dont je m'occupe ! Je te raconterais !
— D'accord ! D'accord ! Bien ! Laissez vos affaires là et entrez ! C'est... c'est un peu en désordre ! Je n'attendais personne !

Léa pose son sac et la valise de Raphaël puis passe devant. Elle lève légèrement son visage et regarde son père. Lui baisse doucement les yeux. Léa le trouve changé. Ces yeux sont fatigués et rougis. Il a perdu encore pas mal de cheveux et ceux qui restent sont à peine peignés. Sa figure, mal rasé, se présente enflée et rubiconde. Il a pris un peu de ventre. Il porte un tee-shirt, un pull fin vert usé et un pantalon de toile épais et marron. Aux pieds, il arbore une paire de pantoufles fourrées.

L'entrée se révèle assez modeste. Léa regarde rapidement la pièce. Il y a là, un étroit meuble bas en mélaminé imitation chêne. Il est encombré d'un tas de papiers, d'un vieux téléphone filaire en plastique et d'une corbeille d'osier remplie d'objets hétéroclites. Juste au-dessus, elle aperçoit un minuscule support de clés en bois. Sur le mur opposé, un petit miroir rond et un grand porte-manteau en fer au style rétro sont suspendus.

Un paillasson usé est installé devant la porte d'entrée. Léa le reconnaît. Elle arrive encore à deviner le mot « *welcome* » inscrit dessus. Il accueille toujours les chaussures des visiteurs. Par terre s'alignent des carreaux émoussés et disjoints de couleur lie de vin.

Sur les parois est collée une tapisserie défraîchie aux motifs vaguement baroques. Léa pénètre dans la première pièce. Un salon. Léa le trouve exigu. Il est encombré et désordonné. Le papier peint porte les mêmes motifs que ceux du vestibule. Il semble juste un peu plus clair. À côté de la fenêtre, une télévision allumée irradie la salle d'une lumière bleutée et déverse un flot continu d'images et de sons qui se cognent et rebondissent sur les cloisons de la petite pièce.

Les scènes projetées dessinent des ombres inquiétantes. L'écran reste immense et trop grand pour la surface de ce salon. Un vieux canapé recouvert d'une housse grisâtre et un mince guéridon bas en métal, sur lequel est posé un plateau de verre dépoli, font face à cette fenêtre artificielle.

De l'autre côté, un buffet en formica aux couleurs vaguement blanches est appuyé contre le mur. Une table ronde, en bois brut, se trouve devant. Les pieds sont légèrement ouvragés. Un tas de vêtements est jeté dessus. C'est la même chose pour sur les chaises aux assises de paille délitées qui l'encercle. Juste derrière se tient une porte vitrée qui donne sur la cuisine. La faible lumière cireuse du plafond descend d'une suspension en métal coiffée d'un tissu en dentelles sale et poussiéreux.

Des étagères de bois ornées de petites bordures légèrement ciselées sont posées de part et d'autre de la fenêtre. Elles sont peuplées de bibelots en faïence disparates. Sur l'une d'elles, un poste de radio vieillot dont l'antenne est cassée prend la poussière. Le sol est recouvert de carreaux jaune porphyre. Léa pose les bagages à l'entrée de la pièce. Didier entre à son tour dans le salon. Il se saisit de la télécommande et éteint la télévision. Léa observe Raphaël. Il ne bouge pas et tient toujours son trésor dans ces mains. Il regarde Didier.

— On se connaît ? Vous connaissez Inès et Charles ? ... Et madame Sansouci ? Vous la connaissez ? Je connais Léa ! Vous avez un piano ? Vous aimez la musique ? Vous connaissez le jazz ?
— Non, je ne connais pas ! Un piano ? Pour quoi faire ? Je travaille ! Je ne connais pas d'Inès et de Charles ! Encore moins, madame Sansouci ! répond Didier.

— Elle est en voyage ! Inès et Charles sont à New York ! Vous connaissez le *Canergie Hall* ? Comment vais-je faire ? Je dois travailler ! Je dois composer ! Que vont dire Inès et Charles ? S'attriste Raphaël en tombant dans le canapé.
— Il n'est pas un peu dérangé ce gars ? Chuchote Didier en regardant Léa.
— Non ! Pas du tout ! Il perd légèrement la mémoire ! C'est tout ! Je n'ai pas envie de te raconter ça ce soir ! As-tu de quoi manger ? Je meurs de faim !
— Eh bien… J'ai déjà dîné, mais tu trouveras de quoi manger dans le réfrigérateur ! C'est juste derrière ! Je te montre !

Avant de suivre son père dans la cuisine, Léa s'approche de Raphaël. Elle lui retire des mains ses partitions et la boîte à souliers. Elle les pose sur la table basse devant lui. Elle lui enlève son manteau.

— Monsieur Raphaël ! Je vais nous préparer à manger dans la cuisine ! Nous trouverons un piano demain ! Je vous promets !
— Ils ne vont pas être contents ! Non ! … pas contents du tout !
— Monsieur Raphaël ! Ne vous inquiétez pas ! Essayez de vous détendre ! Je vais vous mettre un peu de musique ! Vous voulez ?
— D'accord ! D'accord !

Léa s'approche du transistor et essaie en vain de le mettre en marche.

— La radio ne fonctionne pas ! Elle est cassée ! intervient Didier. Tu peux essayer sur la télévision ! J'ai un abonnement aux chaînes de sport et avec j'ai tout un tas de chaînes que je ne regarde jamais !
— Ok ! je vais voir ça !

Elle récupère la télécommande du téléviseur. Elle réveille le monstre et passe en revue les différentes chaînes musicales. Elle s'arrête sur une chaîne qui diffuse un concert. Elle est persuadée d'avoir déjà entendu ce morceau. Elle augmente modérément le volume et pose le boîtier du sélecteur. Elle s'assoit à côté de Raphaël. Il est bien enfoncé dans le vieux sofa, quand, à l'écoute de la mélodie, il se redresse brusquement.

— C'est...! C'est ma musique! Vous entendez? « *La La La* »! « *La Le Li* »! « *La Li La La* »! Oui! Oui! C'est ça! Le tempo est un peu trop rapide! C'est mon thème « *magna hyacintho cedri* »!

Raphaël s'avance sur le bord du canapé et regarde fixement l'écran géant. Il pose ses mains sur ses genoux et commence à bouger ses doigts. Il se tourne vers Léa.

— Regardez ça! C'est, mon frère! Là! C'est lui! Je le reconnais! C'est Charles!
— Vous en êtes sûr? s'interroge Léa en observant attentivement les images diffusées.
— Oui! Oui! C'est lui! Regardez la salle! C'est le « *Main Hall* »! Le grand auditorium! *Canergie Hall*! Il joue trop vite! Vous entendez?
— Oui! Je le reconnais! C'est bien votre frère!
— Il a toujours joué trop vite! Il se précipite! Il ne sent pas! Il ne comprend pas ma musique! Il joue comme un robot! Quel dommage! Je devrais être à sa place!
— Je sais! Ne vous tourmentez pas ainsi! Vous valez bien mieux que lui! C'est votre musique! Votre création!
— Ma création! Oui! Ma musique! Ma musique!

Léa pose sa main sur celle de Raphaël pour lui donner un peu de réconfort. Elle se lève et rejoint son père dans la cuisine. La pièce paraît petite et toute en longueur. Elle dispose d'une large fenêtre. Dessous se trouvent une grande paillasse carrelée et un évier en inox.

Le volet est descendu et masque l'extérieur. Un vaisselier de bois blanc, un réfrigérateur et une gazinière sont calés le long du mur opposé. Au fond, elle distingue une porte fermée. Didier a déjà retiré du frigo de quoi préparer un repas. Il sort des assiettes et des couverts du meuble et les pose sur la table. Elle est étroite et posée au milieu de la pièce. De chaque côté trônent deux bancs de pins. Aux extrémités, deux chaises du même bois sont bien rangées.

Didier regarde sa fille comme une étrangère ou un visiteur de passage.

- Je n'ai que deux chambres ! Tu verras la mienne et une autre qui ne sert jamais ! Elle a deux lits ! Elle est pleine de cartons avec de vieilles affaires ! Je ferais de la place pendant que vous mangez ! La salle de bain et les toilettes sont au fond entre les deux chambres ! Tu comptes rester combien de temps ? C'est qui ce type ?
- Je ne sais pas encore ! Je dois réfléchir à tout ça ! Je suis un peu dépassé là ! C'est un grand musicien ! Il est célèbre ! Je m'occupe de lui jusqu'au retour de sa femme et de son frère ! Dans la maison où il habite, il est... enfin bref ! Sais-tu où je pourrais trouver un piano dans le village ?
- Non ! C'est tout petit ici ! Je vais me renseigner ! À l'ancienne école peut-être ? Pourquoi es-tu parti avec lui ?
- D'accord ! Merci ! Pourquoi suis-je parti ? Je te dirais ça demain ! Je finis de cuisiner le dîner !
- Je vais préparer la chambre ! ... Léa ?
- Oui !
- ... Je suis... Je suis content de te voir ! hésite-t-il.

Léa ne répond pas et regarde son père sortir de la pièce. Elle dresse la table et invite Raphaël à la rejoindre autour du dîner. Elle l'appelle deux fois, mais il ne bouge pas. Les yeux rivés sur l'écran, il est envoûté par les images et la musique. Léa trouve un plateau de service aux motifs fleuris. Elle y dépose les deux assiettes garnies, les couverts et deux grands verres d'eau. Elle revient dans le salon et insiste auprès de Raphaël pour qu'il prenne un peu de nourriture. Tout en regardant très attentivement le concert de son frère, il consent à avaler quelques bouchées. Léa observe Raphaël manger.

Elle s'efforce de se mettre à sa place. Il se retrouve là dans une modeste maison. Il grignote les restes d'un repas posté devant un écran de télévision. Il est concentré sur le jeu de Charles. Il est subjugué par cet imposteur qui interprète sa musique sur la scène d'une des plus belles salles du monde à des milliers de kilomètres.

Elle regarde Raphaël. Il ne peut plus se battre seul contre cette injustice. Il est de plus en plus enfermé dans son corps. Dans son esprit, la cruauté que lui infligent sa femme et son frère devient évanescente. Son cerveau fragile est une machine à oubli. Son passé s'efface. Son présent ne devient que musique. Il se réfugie dans son monde. Il s'enferme dans sa propre imagination. Les moments de lucidité restent une souffrance pour lui. Il se reconnecte furtivement aux autres. Il prend conscience alors de la dégradation inéluctable de son état et de sa dépendance. Ses yeux humides appellent au secours. Du plus profond de son cœur, Léa veut l'aider.

Léa force Raphaël à manger encore un peu. Contraint, il accepte, mais il reste hypnotisé par les images diffusées. Il se concentre. Il paraît attentif à toutes les représentations qu'il voit sur l'écran. Rien ne lui échappe. Ni les rythmes mal maîtrisés ni les fausses notes. L'interprète a oublié de les jouer. Il agite ses mains comme si c'était lui qui jouait. Elle ne peut s'empêcher de l'imaginer à la place de son frère.

Pendant qu'elle range rapidement le plateau, il récupère un crayon et griffonne des annotations sur une des partitions. Entre-temps, Didier réapparaît dans le salon et s'installe dans le vieux fauteuil devant la fenêtre. Le tissu est passé et lacéré par endroit. Celui des accoudoirs est très abîmé. En revenant de la cuisine, elle s'assoit à côté de l'artiste.

Elle regarde son père et elle s'aperçoit qu'il est vaguement agacé. Il souffle un peu et se tortille dans son siège. Léa vient bousculer ses habitudes et elle est affublée d'un drôle d'énergumène. La musique le met mal à l'aise. Léa se revoit quand ils habitaient dans leur appartement et qu'il hurlait dès qu'elle écoutait des chansons enfantines. Il ne supportait pas d'autres chants que ceux des terrains de sports, quels qu'ils soient.

Pour la première fois, Léa voit son père se contenir. Elle fait glisser son portable du fond de sa poche et commence à lire tous ces messages. Elle passe rapidement sur toutes les publicités. Un courrier électronique de l'agence de placement lui propose une nouvelle mission après celle-ci. Elle s'attarde plus sur ceux d'Alice et Sarah. Elles demeurent inquiètes et elles aimeraient que Léa les rappelle au plus vite. Léa se mordille la lèvre inférieure.

Elle éteint et range son téléphone. Elle amène ses nattes sur son buste. Elle s'enfonce dans le canapé et regarde la fin du concert. Didier se lève et toise Raphaël et Léa.

— Je travaille tôt demain ! Je vais me coucher ! J'ai préparé la chambre et poussé les cartons ! J'ai posé des serviettes sur les lits ! C'est la chambre de droite dans le couloir. Bonne nuit !
— Bonne nuit... papa !

Léa suit son père du regard. En quittant le salon, il tire délicatement la porte du couloir. Léa se cale bien au fond du canapé pour ne rien perdre du concert. Raphaël n'a pas bougé. Il écrit sans cesse sur ces partitions. De temps à autre, il pose son stylo et chantonne avec la bouche fermée en s'accompagnant de ses deux mains sur un clavier imaginaire. Léa remarque les larmes qui emplissent et rougissent le coin des yeux de Raphaël.

Il a rangé ses feuillets et serre fort contre lui sa boîte en carton. C'est bien un autre que lui qui se produit sur la scène à sa place. Un autre que lui porte des chaussures vernies dans une salle prestigieuse. C'est son frère qui reçoit les généreux applaudissements. C'est son frère qui salue le public et accueille fièrement les acclamations. Léa laisse défiler le générique de l'émission jusqu'au bout. Quand la réclame démarre, Léa voit Raphaël se frotter discrètement les yeux. Elle éteint le téléviseur et se tourne vers lui.

— Allons nous coucher ! Vous devez vous reposer ! Nous trouverons un piano demain !
— Inès devait être là aussi ! Au premier rang ou dans les coulisses ! Charles ne comprend pas ma musique ! Il n'arrive pas à lui donner vie ! À la rendre sensible et vibrante ! Il joue bien de la musique ! C'est tout ! C'est tout ! À quoi bon tout ça ! Mensonges !
— Monsieur Raphaël ! C'est votre création ! C'est votre musique ! Ils ne peuvent pas vous exploiter impunément ! Vous devez le faire savoir ! Venez maintenant ! On va se reposer !

Falsum

Léa se lève et attrape le bras de Raphaël. Il tient toujours tout contre lui sa boîte à chaussures. Il suit Léa. Elle ouvre la porte vers le couloir. Il reste étroit et encombré de cartons. Elle prend les deux bagages et passe devant. Elle improvise quelques pas de côté et se fraie un chemin jusqu'à sa chambre.

Elle pose les affaires et saisit la poignée. Elle abaisse la béquille, mais quand celle-ci geint et émet un grincement aigu, elle ralentit son geste. Elle pousse le battant et actionne l'interrupteur. Une lumière jaune et faible scintille. Elle entre avec les bagages. Elle est suivie de près par Raphaël.

La pièce paraît étonnamment vaste malgré les meubles et les cartons qui s'y trouvent. Elle reconnaît le grand lit du fond. Elle se souvient bien l'avoir vu chez sa grand-mère. De chaque côté, deux petites tables de nuit assorties sont alignées. Devant la fenêtre, deux tréteaux s'avancent. Une large planche est installée dessus. Léa place le sac de Raphaël sur la large couchette.

Elle se retourne et met le sien sur un lit de bois blanc qu'elle connaît bien. Elle l'occupait quand elle vivait avec son père. Elle s'y assoit. Elle avait oublié qu'il était aussi petit. Elle le voyait beaucoup plus grand. Léa se lève et s'approche de l'autre lit. Raphaël appuyé sur le bord du matelas semble prostré. Léa lui ouvre son bagage et trouve ses affaires de nuit. Elle les pose sur les genoux de Raphaël.

— Monsieur Raphaël ! Vous m'entendez ? Je vous laisse vous changer et faire votre toilette ! Je vous montre la salle de bain ! Monsieur Raphaël ?
— Ah ? Heu ? Oui ? Je dois me coucher ? Je vous connais ? Vous connaissez madame Sansouci ? Elle s'occupe bien de moi ! Je ne suis pas à la maison ?
— Oui ! Monsieur Raphaël c'est moi ! Léa ! Je ne connais pas madame Sansouci ! Je la remplace ! Nous sommes partis en vacances ! Vous vous souvenez ?
— Des vacances ? Eh bien non ! Je ne me rappelle pas !
— Allez, monsieur Raphaël ! Venez ! Je vous accompagne !

Léa prend les affaires du musicien sous un bras. De l'autre, elle tire la manche de chemise de Raphaël. Il se laisse faire et se met debout. Léa le précède et lui indique le chemin jusqu'au bout du couloir. Elle voit les deux portes identiques. La première donne sur les toilettes et la seconde sur la salle de bains. Léa ouvre discrètement les deux pour montrer les lieux à Raphaël. Elle le fait passer dans l'exiguë pièce d'eau et entrebâille un peu la porte.

— Je reste là le temps que vous vous changiez ! Vous m'entendez, monsieur Raphaël ?
— Oui ! Oui ! Je vous entends ! Je me change et je fais une petite toilette !
— Très bien ! Je vous attends !

Léa ne patiente pas bien longtemps. Elle entend un peu d'eau couler et devine un brossage énergique des dents. La porte s'ouvre et Raphaël apparaît. Il semble prêt pour la nuit. Il passe rapidement dans l'autre cabinet. Elle rentre dans la salle de bains et récupère les affaires posées en tas sur un lave-linge. À sa sortie, Léa sourit. Raphaël répond à Léa en relevant les coins de sa bouche et en écarquillant de beaux yeux rieurs.

— J'ai oublié mes chaussons ! ricane Raphaël.

— Ce n'est pas grave ! Je pourrais vous en trouver demain ! Allez ! On va se coucher !

Raphaël retrouve le grand lit. Il défait un bord de la lourde couette et se glisse dessous avec agilité. Il se tourne sur le côté. Léa pose les affaires au pied du meuble et replace l'édredon sur les épaules du musicien. Elle s'avance jusqu'à sa couche et allume la petite lampe. Elle s'assoit sur son lit et ôte la sangle de son sac. Elle tire sa chemise de nuit et sort à pas de velours de la chambre. Avant de quitter la pièce, elle éteint le plafonnier.

Elle s'enferme dans la salle de bain et se précipite sous la douche. Elle s'écarte du jet, ne laissant sous le filet d'eau froide que son pied. Elle attend, comme à son habitude, que le liquide devienne brûlant. Elle reste sous le pommeau pendant de longue minute. Elle pense à cette journée fatigante et aux choix qu'elle a effectués.

La vapeur remplit vite le minuscule espace. Elle coupe le robinet et entrebâille la petite fenêtre. Elle attrape la serviette et la déplie sur sa tête. Elle s'essuie à toute vitesse, défait ses nattes et enfile sa chemise. Elle semble heureuse de ne pas voir son visage dans le miroir couvert de buée. Elle sourit devant ce reflet brumeux. Elle glisse le tissu éponge sur son cou et quitte, sans émettre de bruit, la salle de bains. Dans la chambre, Raphaël est déjà endormi. Il a roulé sur le côté. Léa entend distinctement sa respiration apaisée. Elle ouvre les draps de son lit d'enfant et éteint la lampe de chevet.

Avec la lumière de son téléphone, elle trouve facilement le chemin vers sa couche. Elle donne un dernier coup d'œil à son portable et aux nombreux messages d'Alice et de Sarah. Elle ne préfère pas répondre maintenant. Elle pose l'appareil sur un petit carton avec la mention « photos Léa » et ferme les paupières.

Au petit matin, Léa, tiraillée par une envie pressante, tourne sur son étroit matelas. Un rai de lumière passe à travers les panneaux de bois des volets. Léa se met sur le dos et fixe le plafond. Elle écoute les bruits de la maison. Elle n'a pas vérifié l'heure, mais il doit être tôt, car elle entend les allées et venues de son père. Elle regarde du côté du grand lit. Raphaël semble dormir d'un sommeil de plomb.

N'y tenant plus, elle se lève tout doucement. Le loquet de la porte claque et les gonds grincent légèrement. Léa se glisse à l'extérieur et fonce aux toilettes. Elle emprunte le couloir jusqu'au salon puis la cuisine après s'être rafraîchie le visage à l'eau froide et claire.

Son père attend là. Il porte ses vêtements de travail et déjeune debout face à la fenêtre. Sur la table, devant Didier, se trouvent un grand bol de café noir et deux grosses tartines de pain. Le regard rivé sur l'extérieur, il remue énergiquement une petite cuillère dans le récipient. À l'arrivée de sa fille, il tourne un peu la tête, mais ses yeux restent baissés.

— Tu t'es réveillé tôt ! As-tu bien dormi ? Tu n'as pas eu froid ? Le lit n'était pas trop petit ?
— Non, ça va ! Je vais bien ! Je pense à plein de choses ! De toute façon, je devais me lever !
— Tu veux que je te prépare quelque chose pour le petit déjeuner ? Je ne sais plus la boisson que tu prends le matin ? Depuis le temps... Thé ? Café ? J'ai fait une cafetière ! Le sucre est sur la table ! Je ne m'attendais pas à recevoir du monde ! ... Et surtout toi !
— Très bien ! Papa ! Je vais me débrouiller ! C'était le seul endroit où aller ! Mais... je ne veux pas te déranger !
— Non ! Non ! C'est bien ! Tu fais quoi avec ce drôle de type ?
— Raphaël ! Papa ! Il s'appelle Raphaël ! C'est un grand musicien, mais il perd la mémoire. Je dois l'aider ! Sa femme et son frère l'utilisent et l'empoisonnent doucement ! Il est effrayé, il a des hallucinations et il fait des cauchemars. Sa femme couche avec son frère ! Il

le drogue ! Ils ne veulent qu'une seule chose ! Sa musique !
— Tu délires ! C'est absurde ! J'ai du mal à te croire !
— Et pourtant... pourtant c'est la vérité ! J'ai même des photographies !
— Qu'est-ce que tu vas faire ? Tu ne devrais pas aller voir la police ?
— Je ne sais pas ! je ne sais pas ! Je dois réfléchir ! Voilà pourquoi je suis venu ici ! Je dois d'abord trouver un piano !
— D'accord ! Je passe à la mairie ce matin ! Je vais voir si je peux trouver ça ! Nous avons un ancien cabaret et une vieille école ! Et... l'église ! Un piano doit bien se trouver dans ce type d'endroit ? On ne chante pas dans ce genre de bâtiment ?
— Je... je vais voir ça ! Merci ! Je te donne mon numéro de téléphone !

Léa trouve un stylo et un morceau d'enveloppe sur le buffet encombré et en désordre. Elle note son numéro et le tend à son père. Il avance la main vers sa fille et le contemple subrepticement. Il récupère le bout de papier et le glisse dans une de ses poches. Léa voit bien qu'il n'arrive pas à la fixer dans les yeux.

Elle attrape une tasse et se sert un grand café. Elle tire un tabouret rangé en dessous de la table et s'assoit face à la fenêtre. Elle et Didier regardent dehors. Il tient son bol d'une main large et solide et avale de grosses gorgées. Léa découpe deux petites tranches de pain et les recouvre de beurre frais. Elle croque généreusement dans les tartines croustillantes. Didier finit son bock et le pose dans l'évier.

— Je dois y aller ! Je ne suis pas loin ! Je travaille pour la mairie ! Vous avez les clés dans l'entrée ! De toute façon, je suis dans le coin ! Nous allons avoir un très

beau temps aujourd'hui ! Je rentrerais pour manger vers midi et demi ! À tout à l'heure !
— Très bien ! À plus tard ! bredouille Léa avec du pain plein la bouche.

Léa regarde son père par la fenêtre. Il tient un vélo d'une main. Il ouvre le petit portillon et grimpe sur son engin avant de s'éloigner pour descendre vers le village. Les premiers rayons du soleil inondent le minuscule jardin et la ruelle. Léa est surprise de la clarté du ciel. Elle débloque la baie de la cuisine pour respirer de l'air frais. Celui-ci dépose une caresse sur son visage.

Hier encore, elle ressentait l'humidité glaciale. Aujourd'hui, le temps s'annonce frisquet et lumineux. Elle inspire profondément. Une odeur de pierre sèche et de froideur lui chatouille les narines. Elle sent aussi le parfum du thym et du romarin qui remonte du fond du petit jardin devant la maison. Elle s'approche du bord de la fenêtre pour découvrir le paysage.

Le village est posé sur le flanc d'une colline. Des champs de vignes et d'oliviers dessinent une jupe au bas de la bourgade. Les demeures de pierres et de tuiles s'agrippent au coteau. Plus haut, une flore frisée et rabougrie tapisse le rocher. Parfois, il s'avance et perce la couverture végétale. Derrière, le ciel profond n'en finit pas de devenir bleu. La maison de son père se trouve à la sortie du village. Après elle, un petit chemin caillouté et tortueux s'enfonce dans la garrigue.

Léa remplit à nouveau son bol et s'apprête à rejoindre le jardinet devant le logement. Raphaël entre dans la pièce à ce moment-là. Il a les cheveux en bataille et l'air complètement perdu. Il tient ses partitions d'une main et ses souliers vernis de l'autre.

— Vous êtes qui ? Vous avez vu Inès et Charles ? Je ne trouve pas mon piano et madame Sansouci ! Vous la connaissez ? Je dois jouer ce soir !

— Monsieur Raphaël ! Vous avez bien dormi ! Je suis Léa ! Vous savez bien ! Je remplace madame Sansouci ! Nous sommes partis hier en train !
— Ah ? Bon ! Je vous connais alors ? En train ? Où sont Inès et Charles ? J'ai rêvé que j'étais sur la scène d'une grande salle ! Je jouais, mais aucun son ne sortait du piano ! Dans la salle, tous les sièges étaient occupés. Je ne voyais qu'Inès, Charles et cet enfant ! Ils criaient, mais je n'entendais rien !
— Monsieur Raphaël ! Posez vos affaires là ! On va déjeuner et après on essaiera de trouver un piano !
— D'accord ! C'est bien !
— Je vous prépare une bonne tasse de thé et quelques tartines !
— Je sais qui vous êtes, vous savez ! assure Raphaël en se frottant la tête.

Léa fait chauffer un peu d'eau et apprête la boisson de Raphaël et les tartines. Raphaël mange avec appétit tout en regardant lui aussi par la fenêtre ouverte. Il semble surpris, mais heureux de découvrir son nouvel environnement. Pendant que Raphaël savoure son petit déjeuner, elle file dans la chambre récupérer son téléphone. Elle en profite pour ouvrir la baie et les volets.

De retour dans la cuisine, elle s'assoit pour consulter ou écouter ses nombreux messages. Elle en compte une bonne dizaine d'Alice et Sarah. Tous portent sur le même sujet et sur les préoccupations des deux amies pour Léa. Elles ne comprennent pas son départ précipité. Elles parlent avec inquiétudes et elles demandent à Léa de les recontacter au plus vite. Léa repousse l'idée. Elle s'exécutera plus tard. Elle sent son cœur se serrer quand elle écoute les messages vocaux de Inès.

— *... Allo ! Oui ? C'est Inès ! Mais où êtes-vous ? Charles et moi appelons à la maison depuis des heures et personne ne répond ! Nous sommes très inquiets !*

> *Rappelez-moi de toute urgence ! Est-il arrivé quelque chose à Raphaël ?*
> — *... C'est encore Inès et Charles ! Nous n'arrivons plus à laisser de messages sur le répondeur de la maison ! Je vous ordonne de me rappeler ! Nous prenons l'avion cette nuit !*
> — *... Nous sommes à l'aéroport ! Nous allons embarquer ! Toujours pas de nouvelles de vous ! Vous êtes où ? Vous avez eu un accident ? Qu'avez-vous fait ? J'appelle immédiatement la police ! Rappelez-moi !*

Une bouffée de chaleur remonte jusqu'aux joues de Léa. Elle prend conscience tout à coup du choix qu'elle a effectué. Elle se persuade que Raphaël devait absolument sortir de cet enfer. Elle devait tenter quelque chose contre les traitements qu'ils subissaient. Peu importe les conséquences, elle devait agir. Elle se réconforte un peu plus en se disant qu'Inès et Charles se trouvent dans l'avion.

Elle se calme et respire un grand coup. Elle laisse un message à Inès. Elle ne pourra l'écouter qu'à l'arrivée.

> — *... Bonjour ! Ou bonsoir ! C'est Léa ! rassurez-vous ! Tout va bien ! Je suis bien avec monsieur Raphaël ! Il va bien ! Nous sommes partis faire un petit voyage ! ... Je ! J'ai découvert tous les sévices que vous lui avez fait subir et je me devais de le sortir de là ! C'est ignoble ! ... ça ne pouvait plus durer ! Je vous rappellerais !*

Léa est un peu soulagée quand elle raccroche son téléphone. Elle regarde Raphaël qui n'en finit pas d'admirer le paysage et le ciel bleu azur.

> — Je vais m'habiller ! Prenez votre temps pour déjeuner ! Je vais remettre vos chaussures dans leur boîte ! Voulez-vous un autre thé ?

— Ah ? Oui ! Il est bon ce thé ! Je veux bien ! Attention à mes chaussures ! Je ne joue pas ce soir ? Je dois travailler ! Je dois composer !
— Ne vous inquiétez pas ! Je vais en prendre soin ! Profitez un peu de ces *vacances* pour vous reposer ! Pour vous ressourcer ! La musique peut attendre !

Léa prépare une autre grande tasse de thé et la met devant Raphaël. Il feuillette ces partitions et récupère le crayon. Il trouve une page vierge et commence à noircir le papier de sa musique. Il la joue dans sa tête. Léa le regarde faire. Elle est fascinée par la vitesse avec laquelle il écrit. Elle reste là un moment puis elle file dans la chambre pour changer de tenue.

Elle referme la fenêtre et sort des vêtements dans son sac. Elle s'habille rapidement et passe dans la salle de bain. Cette fois, le miroir apparaît net et dégagé de toute condensation. Il semble d'humeur à lui renvoyer un visage délicat et joyeux. Le sien. Elle admire sa figure sans vraiment y faire attention. Elle prend juste le temps de se coiffer et de tresser une seule natte. De retour dans la chambre, elle referme la fenêtre et prépare quelques affaires pour Raphaël.

Léa le retrouve dans la cuisine. Il a posé son crayon et il se tient debout devant la baie ouverte. Il décrit un mouvement lent de balancier avec sa main tout en remuant délicatement ses doigts. Il regarde Léa.

— Vous entendez ? Vous entendez cette musique ?
— Heu ! Non ! Je... Ah ! Oui ! Les cloches du village !
— Non ! Non ! Le vent ! Écoutez-le ! Écoutez-le bien ! Il chante ! Une plainte mélodieuse venue de loin ! Écoutez-le ! Voilà ! Il crie maintenant ! Des lamentations sourdes et déchirantes ! Là ! Vous entendez maintenant ! Le silence !
— Eh bien ! J'entends bien le vent, mais je ne perçois pas sa musique !

— Attendez ! Attendez encore un peu ! Écoutez ! La musique va reprendre ! Quelle puissance ! Vous entendez ?
— J'essaie ! J'essaie ! Voulez-vous qu'on aille se promener dans le village ? On pourra peut-être trouver un piano ? Qui c'est ?
— Ah ? Oh ! Oui ! C'est bien !
— Je vous ai préparé des vêtements ! Je vous laisse faire un brin de toilette et vous habiller ! Vous savez où est la salle de bains ?
— Merci ! Merci ! Je crois que oui ! Je vais me débrouiller !

Un petit sourire apparaît sur le visage de Léa. Elle pince délicatement sa lèvre inférieure. Elle ouvre de grands yeux et regarde Raphaël quitter la pièce. Elle ferme la fenêtre et se prépare un café en attendant le retour du musicien.

Léa prend son téléphone dans sa poche et appuie avec son index sur la photographie d'Alice. Elle est accueillie directement par la voix de son amie sur le répondeur. Elle ne laisse pas de message et refait la même opération sur l'image de Sarah. Deux longues sonneries suffisent avant qu'elle ne décroche.

— Léa ? C'est toi ? Mais tu es où ? Tu fais quoi ?
— Bien sûr que c'est moi ! Je suis chez mon père dans le sud !
— Chez... chez ton père ! Tu es sûr que ça va ? Tu es seule ?
— Eh bien... Non ! Je suis avec Raphaël !
— Quoi ! Tu es parti avec le type dont tu devais t'occuper ! Chez ton père en plus ! Léa ! Tu te rends compte de la chose que tu fais ? Alice avait raison ! Elle m'a appelée hier soir ! Elle était très inquiète pour toi !
— Mais ça va ! Je devais absolument sortir Raphaël de cette maison ! De cet enfer ! Ne vous inquiétez pas

pour moi les filles ! Je sais… j'assume le choix que j'ai fait !
— Tu exagères Léa, non ?
— Je t'assure que non ! Il était drogué et empoisonné ! Ils entretenaient ses hallucinations et ses frayeurs nocturnes !
— Pourquoi ne pas avoir prévenu la police !
— Sarah ! Pas toi ! Tu sais très bien la vie que j'ai vécu avant ! Les squats, la drogue… et tout ça !
— Oui ! Oui ! Je te prie de m'excuser ! Je ne veux pas qu'il t'arrive des ennuis !
— Je vais faire attention ! Je te le promets !
— Et pourquoi chez ton père ?
— Je… je ne sais pas vraiment ! C'est le sud ! rigole nerveusement Léa. Il me doit bien ça ! Non ?
— Je sais Léa ! Mais, est-ce une bonne idée ?
— Je… je ne sais pas Sarah ! Je vis un peu au jour le jour !
— Et la famille de ton musicien ! Qu'est-ce qu'elle dit ?
— Ils sont à New York ! Enfin ! Non ! Ils en reviennent ! De toute façon, ça m'est égal !
— Que vas-tu faire maintenant ?
— Là ! Je vais chercher un piano dans le village !
— « *Un piano dans le village* » ! Léa ! Tu as bu ?
— Non ! Non ! Nous allons essayer de trouver un piano pour que Raphaël puisse jouer et composer !
— Ah ! Bon ! D'accord !
— Sarah ! Je te rappelle vite ! Peux-tu rassurer Alice ?
— Oui ! Oui ! Léa ?
— Oui ?
— Fais très attention à toi ! On t'aime ! Bisous ma belle !

Léa repose son téléphone sur la table de la cuisine et finit son café en regardant le vent agiter les branches fines, mais robustes de l'olivier du jardin.

Un piano dans le village

Elle détourne les yeux quand Raphaël apparaît dans la pièce. Il est, contre toute attente, bien coiffé et bien habillé. Ces longs cheveux noirs sont bien peignés. Ils sont tirés vers l'arrière et attachés ensemble avec un petit élastique sombre. Il porte simplement une chemise blanche et un jean légèrement délavé. Léa cache sa surprise derrière un visage impassible.

Elle pose sa tasse dans l'évier. Elle ramasse les partitions et le stylo et les cale dans les mains de Raphaël. Elle l'invite à la suivre dans le salon. Léa récupère son blouson et donne son manteau à Raphaël.

Il plie les documents de musique et les mets dans sa poche. Il enfile son pardessus et remonte son col. Ils passent l'entrée. Léa essaie plusieurs clés avant de trouver celle de la porte principale. Ils traversent le jardinet et descendent vers le village. Le vent est farceur. Il joue comme un chien tout heureux de partir pour un tour. Il se cache derrière les maisons puis revient plus fort en tournoyant autour de Léa et Raphaël.

Léa regarde le bourg calme et désert. Elle trouve un peu plus d'animation au cœur de la localité. De grands platanes décharnés s'élèvent autour d'une place pavée presque rectangulaire. Ils perdent leur écorce et font apparaître des troncs tachés aux motifs léopard.

Sur certains d'entre eux, des affiches décolorées, des festivités passées, se laissent emporter, morceau par morceau, par la pluie et le vent. Au milieu de l'esplanade se dresse une jolie fontaine cerclée d'un petit bassin de pierre blanche. Un infime filet d'eau est craché depuis un bec en forme de bouche de poisson.

Aux pieds des arbres, de vieux bancs de fer et de planches, seuls, attendent la fin de l'hiver. Une vétuste guirlande se balance de branche en branche. Trois modestes commerces subsistent autour de la place. Un bar avance sa terrasse jusqu'à l'esplanade.

Une antique épicerie déploie ses étalages de bois. Sur de petits panneaux d'ardoise marqués à la craie, les fruits et les légumes de saison se présentent et s'offrent aux chalands. Une boulangerie a sa devanture fraîchement repeinte d'une couleur vive. Des effluves de pains chauds et de croissants émanent de la boutique. De l'autre côté de la place se situe une église romane. Léa la trouve froide et austère même si elle aime sa façade dépouillée et surmontée d'un mur percé de trois baies qui accueillent trois cloches.

Elle décide d'y entrer. Elle pousse la lourde porte de bois. Raphaël l'accompagne. À l'intérieur, elle ne voit personne. Une odeur d'encens, de bougie et de vieille pierre vient chatouiller les narines de Léa. Elle entame le tour de l'édifice. Elle inspecte le grand orgue, mais son accès est verrouillé. Léa et Raphaël quittent le bâtiment et retrouvent l'esplanade aux platanes.

En passant devant le bar, elle décide d'y aller pour interroger le gérant et les rares clients afin de trouver un piano dans le village. Elle pousse la porte vitrée qui agite la clochette d'entrée. Elle se met à retentir bruyamment dans la grande salle déserte. Elle prend Raphaël par le bras et le tire à l'intérieur. Il regarde avec émerveillement le grelot qui danse en haut de l'ouverture. Elle le force à s'asseoir sur une chaise de bois autour d'une petite table ronde puis elle s'approche du comptoir. Une odeur d'oignon et de plat mijoté flotte dans la pièce. Léa perçoit aussi un souffle de bar qu'elle connaît bien. Elle sent un mélange de vieux vin âcre et rance. Elle respire des émanations d'alcool et de fumée. Une atmosphère poisseuse. Elle attend un bon moment avant qu'une femme âgée n'entre à son tour.

Devant Léa et le musicien, elle paraît petite et voûtée. Elle porte une blouse-tablier au motif floral bleu. Léa remarque tout de suite ses yeux rieurs et malicieux. Elle montre un visage ridé fin et étroit. Sa bouche reste menue et ses lèvres délicates se prolongent par un pli discret qui descend de chaque côté du menton. Ses cheveux gris se cachent sous un foulard noué autour du cou, mais des mèches s'en échappent au niveau du front. Elle se glisse derrière le bar jusqu'à Léa.

— Vous voulez ?
— Bonjour ! Nous cherchons un endroit dans le village avec un piano !
— Oui ! Bonjour ! Pardons ? Un quoi ? Vous avez dit un piano ?
— Exactement ! C'est bien ça ! Un piano ! Vous savez où nous pouvons en dénicher un ?
— Ah ! Oui ! Je vois ! Vous êtes la fille du gars Didier ! Il en a parlé à mon fils ce matin ! Vous savez ! C'est mon fils qui a repris le bar ! À l'école peut-être ? C'est bien possible ! Vous prenez quelque chose ?
— Eh bien ! Heu ! Oui ! Deux thés s'il vous plaît !

La vieille dame s'écarte du bar et tourne le dos à Léa pour préparer les boissons. Ces mains ridées tremblent, mais ses gestes restent précis et assurés. Léa regarde vers Raphaël. Il s'est levé et il est planté près de l'entrée. Il actionne de ses doigts et avec intérêt un vétuste présentoir-tourniquet qui porte d'anciennes cartes postales. Il en choisit une et vient s'asseoir dans le fond de la salle sur une banquette au simili cuir Skai usé.

Il pose devant lui l'image cartonnée. Il replace plusieurs fois l'objet sur la table en bois. La surface paraît légèrement collante. Il la déplace encore et encore jusqu'à ce qu'elle s'oriente exactement au centre. Il fixe la carte comme on mange un paysage à travers une fenêtre. Il lève son visage et regarde Léa avec un sourire enfantin et satisfait.

— C'est pour madame Sansouci ! Vous la connaissez, madame Sansouci ? Vous avez un stylo vert ? Je voudrais lui écrire un petit mot ! Elle sera contente !
— Oui ! Oui ! Je vous donne ça tout de suite !

La vieille dame qui dresse le plateau effectue un signe de la tête à Léa pour lui indiquer un pot à crayons situé entre la caisse enregistreuse et le robinet de la pompe à bière. Elle est surprise, car Raphaël possède déjà de quoi écrire avec ses partitions. Elle attrape un stylo à bille vert et l'apporte à Raphaël. Il s'en saisit et ôte le capuchon. Il hésite plusieurs fois avant de rédiger quelques mots.

Elle admire la carte choisie par l'artiste. Elle est divisée en quatre petites vignettes où figurent des paysages et des bâtiments remarquables de la région. Léa constate que son tracé paraît gauche et maladroit. Autant sa calligraphie musicale se montre élégante, nette et précise, autant celle-ci semble heurtée et tremblante.

Léa s'assoit en face de Raphaël pendant que la serveuse dépose les deux boissons chaudes. Elle colle son plateau rond contre son tablier et croise les mains dessus. Elle regarde Léa avec un air interrogatif.

— L'ancienne salle des fêtes ! Oui ! C'est ça ! Elle n'a pas été utilisée depuis bien longtemps ! Bientôt le village aura une nouvelle salle ! Elle devrait être en bas du village ! Vous savez près du stade ! Mais, dans l'ancienne, je suis sûr d'avoir vu un beau piano ! On y projetait des films avant ! C'était bien !
— C'est bien ça ! Où est-elle située ? Comment fait-on pour y entrer ?
— Ah oui ? Je vais trouver ! Terminez votre thé et nous partirons ensemble jusqu'à la mairie ! je vous

accompagne ! assure la vieille dame en plissant des yeux espiègles.
— Bien ! D'accord ! Merci ! C'est très gentil à vous !
— Vous savez, ici, nous n'avons pas beaucoup d'animation ! Je... Je m'ennuie ! Je m'occupe de ma cuisine et j'arrive ! ... Je m'appelle Alphonsine ! sourit-elle en ouvrant légèrement la bouche sur des dents abîmées.

Léa regarde Alphonsine, amusée, qui retourne dans l'arrière-salle. Elle semble presque sautiller en tenant son plateau dans une main et en le balançant d'avant en arrière. Elle déguste quelques gorgées de thé brûlant et contemple Raphaël.

Il est toujours penché sur la carte et s'applique du mieux qu'il peut pour l'écrire. Il termine en dessinant une belle clé de sol et quelques notes de musique. Quand il a fini, il se redresse et arbore un air satisfait. Il la dévisage et hausse le menton. Il prend sa tasse et avale le contenu d'une traite. Elle le regarde faire avec bienveillance.

Alphonsine revient vite. Elle a troqué sa blouse pour un long gilet tricoté bordeaux. Léa se lève et paie les boissons à la tenancière. Celle-ci retourne derrière le bar et ouvre la caisse.

Elle glisse les pièces à l'intérieur et lui redonne la monnaie. Raphaël suit le mouvement sans rien dire. Il ramasse sa carte postale et la coince dans ses feuillets. Léa se positionne juste devant Raphaël qui s'arrête quelques secondes sous la clochette de l'entrée puis c'est le tour d'Alphonsine qui claque et verrouille le café. Léa laisse Alphonsine prendre la tête du cortège.

La petite troupe traverse l'esplanade et emprunte un passage pavé et pentu. Elle est bordée de hautes maisons avec des portes basses et des ouvertures assez étroites. Plus loin, la rue s'agrandit. Le trio improvisé marche d'un bon pas sur cette voie large et plane. Il arrive vite devant un imposant édifice de pierres blanches. Il est paré de deux colonnades surmontées d'un chapiteau triangulaire.

Léa le trouve énorme pour un si minuscule village. De part et d'autre de la bâtisse se déploient deux immenses ailes avec de hautes fenêtres. D'un côté, le fronton est sculpté avec les mots « école de filles ». De l'autre côté, on peut lire « école de garçons ». Léa et Raphaël grimpent les quelques marches, juste sur les talons de Alphonsine.

— C'est là ! indique Alphonsine en attrapant la poignée de la lourde porte. Venez ! Entrons !
— On vous suit ! sourit Léa à la vieille dame.
— On est où ? questionne Raphaël. Où est le piano ? Je dois absolument jouer !
— On va voir ! rassure Léa
— Je connais tout le monde ici ! On va bien trouver ! C'est sûr ! C'est quel genre de musique votre piano ?
— Jazz ! renchérit Raphaël.
— Ah ? Oui ! Bon ! J'en ai entendu quelquefois ! Je me souviens d'un bel Américain, juste après la guerre, qui venait au bar et qui trimbalait toujours sa trompette ! Je crois que c'était ça ! Du *jazz* ! Je l'aimais bien ce gars ! J'étais toute petite, mais il jouait souvent avec moi. Il m'impressionnait ! Il était... un peu... noir !
— D'accord ! D'accord ! Alphonsine ! On y va ! insiste Léa.
— Attendez-moi là ! Je vais voir le maire ! Il doit être dans son bureau ! ordonne Alphonsine.

Léa trouve Raphaël agité et impatient. Il fait les cent pas dans l'entrée haute et impersonnelle de la maison commune. Il triture ces partitions. Léa s'approche de lui et lui prend les deux mains. Elle le fixe droit dans les yeux et l'oblige à faire de même.

— Tout va bien, monsieur Raphaël ! Tout va bien ! Calmez-vous ! On va trouver une solution ! Venez ! Vous asseoir ici ! Indique Léa en accompagnant son regard d'un geste de la tête.

Elle guide Raphaël jusqu'à une rangée de chaises de bois. Il semble un peu rassuré et se laisse volontiers conduire. Léa prend place à côté de lui en attendant le retour de Alphonsine.

Léa espère de tout cœur qu'elle reviendra avec une bonne nouvelle. Elle n'aime pas voir Raphaël aussi nerveux. Elle se demande si elle n'a pas effectué une bêtise et si ce voyage aidera Raphaël. Même l'idée de retrouver son père l'inquiète.

Elle se souvient de son départ précipité de l'appartement. La violence servait de nouvelle compagne à son géniteur. Pendant des années, elle a jeté ce passé dans un coin de sa tête, mais la machine à oubli n'a pas recyclé ce vécu douloureux. Le jour où elle l'a croisé en ville, tout est revenu d'un coup. Elle se rappelle avoir déprimé pendant quelque temps. Elle s'était enfermée dans son appartement. Elle ne voulait voir personne. Pas même Alice ou Sarah.

Elle pensait à Nicole qui l'avait accueillie sans poser de questions au moment où elle en avait le plus besoin. Son sourire lui manque terriblement. Elle se demande quels conseils elle lui aurait prodigués. Elle savait tellement bien trouver les mots et les solutions. De sa mère, elle ne possède rien. Sa mère ressemble à une note de musique noire. Elle se montre grave et profonde comme un abîme. Parfois, des images surgissent. Des fulgurances visuelles peuplent ses rêves et ses pensées. Elle déteste ça et lutte pour les effacer de sa mémoire.

Elle profite de cette attente pour regarder son portable. Elle lit rapidement les textos de ces deux amies. Elles restent inquiètes. Elles sont préoccupées. Autant l'une que l'autre. Alice lui parle de droit et Sarah de raison. Léa ne répond pas. Elle voudrait tout arrêter pour les retrouver autour d'un bon verre et bavarder avec elles de tout et de rien jusqu'à tard. Elle se mordille encore la lèvre inférieure quand elle écoute le message laissé sur sa boîte vocale par Inès.

Le ton se veut agressif et menaçant. Une colère enregistrée. Une haine maîtrisée. Le contenu s'avère simple et limpide. Elle doit raccompagner sur-le-champ et sans attendre Raphaël à la villa Chanteclair ! Inès parle également de relations avec des personnes *haut placées*.

Elle évoque le passé trouble de Léa et aussi celui de son père. Léa lève les yeux de son petit écran et regarde Raphaël. Elle se demande si finalement elle ne devrait pas renoncer, ramener le pauvre musicien dans sa prison et oublier tout ça. Elle enfouit son téléphone dans sa poche en même temps que ses pensées nocives. Elle est investie d'une mission. Elle n'abandonnera pas. Elle relève la tête quand Alphonsine apparaît sur les marches du grand escalier.

Elle tient fermement la rambarde de fer et s'appuie dessus pour soulager ces jambes. Elle est un peu voûtée et grimace à chaque pas. Arrivée au bas de la rampe, elle se redresse avec difficulté et sort de la poche de son gilet usé un trousseau de clés. Elle l'agite devant elle comme une clochette et s'approche de Léa et Raphaël.

— C'est bon ! On a trouvé ! C'est la vieille salle dont je vous ai parlé tout à l'heure ! Elle ne sert plus et devrait bientôt être réhabilitée ! On peut y aller ! Je vous montre le chemin !
— Magnifique ! Applaudi Léa.
— Plus de temps à perdre ! enchaîne Raphaël avec un sourire de contentement.

Léa ouvre et tient la porte à Alphonsine et Raphaël. Elle referme la lourde porte et emboîte le pas du musicien et de la vieille dame. Ils contournent le grand bâtiment, passent sous les restes d'une arche médiévale et s'engagent dans des ruelles étroites et sinueuses.

La progression s'effectue au rythme du tempo lent et saccadé d'Alphonsine. Une procession. Elle en profite également pour deviser avec les quelques rares promeneurs ou pour interpeler les habitants postés sur leurs balcons ou ceux qui mettent leur nez à la fenêtre.

De l'autre côté du village, Alphonsine leur fait traverser un joli pont de pierre qui enjambe un ruisseau à sec et les amène dans le quartier bas du bourg. Il est celui des caves et des vignerons. La rue est bordée de hauts platanes décharnés. Alphonsine s'arrête entre deux grands chais viticoles.

Léa lève les yeux et observe les bâtisses. D'une main, elle attrape sa natte et la pose délicatement sur son cou puis elle l'accompagne sur son buste.

L'Eden ouvre ses portes

Entre les deux édifices aux portes de bois immenses s'élève une large construction décrépie surmontée d'un chapiteau en demi-cercle sur lequel on peut voir un bandeau de peinture écaillé.

L'inscription est presque effacée, mais encore très lisible. La façade grise est percée de trois grandes entrées. Des volets de métal obstruent les ouvertures sauf pour celle du milieu qui porte des grilles torsadées attachées par une lourde chaîne fermée par un cadenas.

Alphonsine monte les trois marches du perron et se plante devant l'accès principal et écarte les bras.

— Bienvenue à l'Eden ! S'amuse-t-elle en emplissant ses yeux d'étoiles.

Léa sourit. Elle attend la réaction de Raphaël. Il trépigne comme un enfant. Il rit et s'impatiente. Il s'approche au plus près de la porte entravée par les grilles de fer. Alphonsine attrape l'antivol et y glisse l'une des clés. L'anse se détache d'un coup et libère la chaîne qui tombe au sol.

Alphonsine se penche et la récupère ainsi que le cadenas. Elle pose le tout sur le côté et écarte le rideau de métal. Sur un panneau de bois, l'annonce d'un spectacle passé s'effrite et laisse s'en aller les émotions, les rires ou les pleurs jusqu'aux prochaines représentations.

Mais là, les divertissements n'ont plus leur place. L'affiche ne sera pas remplacée. Alphonsine introduit une clé dans la serrure de la porte. Elle la tourne énergiquement et abaisse la poignée. Elle pousse le battant et se retourne vers Léa et Raphaël.

— On y est ! Je ne suis pas revenu ici depuis très longtemps ! J'étais ouvreuse ici avant ! J'ai commencé à douze ou treize ans, je crois ! C'est bien loin tout ça ! À l'époque, des films étaient projetés toutes les semaines et des spectacles souvent programmés ! On venait de tous les villages alentour ! J'ai vu un tas d'artistes, vous savez ! Allez-y ! Entrez !

Léa laisse passer devant elle Alphonsine et Raphaël. Il fait sombre, mais les yeux de Léa s'habituent vite à cette légère obscurité. Elle inspecte le hall d'entrée. Il n'apparaît pas très grand. Les parois sont recouvertes d'un tissu mural usé vert amande. Elle devine un vestiaire et ce qui ressemble à un bar sur le flanc droit.

De l'autre côté, une pancarte suspendue par un seul coin à une chaînette indique les toilettes. Deux battants de style saloon en marquent la séparation avec le hall. Le sol est revêtu de larges dalles noires et blanches. Des tables et des chaises sont empilées devant les portes fermées. En face l'entrée principale, un grand escalier accède à la salle. Il est orné d'une double rampe de métal peint au milieu. Les marches sont recouvertes d'une moquette rouge avec des motifs gris. Léa, sensible à la poussière, se frotte le nez et éternue violemment plusieurs fois. Une odeur de renfermé et de vieux théâtre lui monte aux narines. Elle observe Alphonsine qui se dirige directement vers le vestiaire. Elle soulève la planche du comptoir et passe derrière.

En un instant, une lumière blanche et vive emplit l'espace. Léa s'avance au milieu. Elle voit Raphaël tourner sur lui-même plusieurs fois et serrer très fort ses partitions contre lui. Il admire les éclairages avec fascination puis il s'approche de l'escalier monumental. Il monte doucement. Léa le suit. Ils sont très vite rejoints par Alphonsine. Il arrive en haut des marches. Il se positionne devant l'entrée qui donne accès à la scène et se hisse sur la pointe des pieds pour regarder à travers le hublot sali de poussières. Il pousse la double porte. Un peu réticente au début, elle grince et finit par céder.

Raphaël pénètre dans la petite salle de spectacle. Léa suit Alphonsine. Les ouvrants chantent encore et se balancent plusieurs fois au passage des deux femmes. Elles rejoignent Raphaël. Léa touche le velours rouge des sièges et contemple le théâtre. Au centre, les rangées de fauteuils attendent sages et uniformes. Elles descendent en pente douce et regardent la scène en partie cachée par un lourd rideau à l'italienne de couleur bordeaux et bordé d'un liseré doré. Il tombe sur les planches et forme de gros plis irréguliers.

Sur les côtés, les sièges indisciplinés sont pour partie enlevés ou entassés les uns sur les autres. Le tissu rouge, sur les parois, est abîmé, tâché par des traces de coulures d'eau. Il est aussi arraché par endroit. Les faux bougeoirs plantés sur les murs éclairent vaguement la salle. La plupart sont cassés ou pendent au bout de câbles électriques. Le grand lustre suspendu au plafond dans une énorme rosace en stuc donne plus de lumière même si beaucoup d'ampoules ne fonctionnent plus.

De part et d'autre de la scène se trouvent deux espaliers aux marches étroites. Léa suit Raphaël du regard. Il se déporte sur la gauche et longe la rangée centrale jusqu'à la première enfilade de sièges. Il prend l'escalier de droite et monte sur le plateau. Il pose ses partitions et écarte le rideau. Il passe d'abord la tête de l'autre côté. Puis il disparaît entièrement derrière le drapé de théâtre. Il revient quelques secondes plus tard.

— Il est là ! Il est là ! Juste derrière ! s'enthousiasme Raphaël.
— C'est formidable qu'il soit là ! complète Alphonsine. Je pensais qu'ils avaient tout enlevé quand la salle a

fermé définitivement ! Vous allez pouvoir jouer ! Je vais essayer d'ouvrir la scène !
— Tant mieux ! soupire Léa.

Elle aide Alphonsine à dégager le grand rideau. Le mécanisme électrique ne fonctionne pas et elles sont contraintes de tourner avec force une manivelle pour le soulever. Au début et malgré les efforts conjoints des deux femmes, rien ne bouge. Elles doivent refaire plusieurs tentatives pour débloquer les rouages et effectuer le lever de la toile.

Léa éternue encore et admire le plafond. Une poussière de scène danse et virevolte. Des milliers de grains s'échappent du tissu épais et brillent dans la lumière comme des étoiles. Elle imagine l'âme des artistes qui sont passés ici. Une fois le plancher complètement ouvert, Léa rejoint Raphaël près du clavier au fond du plateau. Il est recouvert d'une housse, mais il est encombré par un tas de choses. Des pupitres et des tabourets. Des projecteurs et des câbles.

Elle enlève son blouson et remonte ses manches. Elle est vite imitée par Alphonsine et Raphaël. Ils délivrent l'objet de son étui. Ils dégagent le frein des roulettes et poussent l'instrument jusqu'au milieu de la scène. Léa trouve un banc d'allure potable. Avec l'aide d'un chiffon donné par Alphonsine, elle dépoussière avec douceur le siège pour ne pas soulever plus de particules. Elle le pose devant le piano. Ensembles avec Raphaël, ils font tomber la housse sur le sol. Le noir brillant du piano éclate dans la lumière et éblouit Léa, Alphonsine et Raphaël.

Alphonsine repousse la bâche au fond de la scène. Léa se recule un peu et observe Raphaël. Il entreprend le tour du piano en laissant glisser ses doigts dessus. Il lève le capot et le fixe en position haute. Il revient s'asseoir devant le clavier. Il attend quelques secondes avant de soulever le couvercle. Comme à son habitude, il prend une grande inspiration et passe ses mains au-dessus du cadre. Il ferme lentement les paupières puis effleure les touches. Il enchaîne gammes et accords pour réveiller doucement l'instrument et vérifier son état. Le visage du musicien se détend petit à petit. Il grimace parfois quand une note se dérobe. Il rouvre les yeux et regarde Léa et Alphonsine.

- C'est pas mal ! Pas mal du tout pour un piano oublié ! Je dois quand même le faire accorder ! Mais ça ira ! Merci ! Merci à vous !
- C'est génial ! Je suis ravi ! Applaudi Léa.
- On fait revivre ce lieu ! C'est magique ! Magique ! poursuit Alphonsine.
- Alphonsine ? Et si l'on organisait un petit concert pour les gens du village ? Qu'est-ce que tu en penses ? Propose Léa.
- Et pourquoi pas ? C'est une super idée ! Je retourne à ma cuisine et je vais battre le rappel ! Je suis vieille et je connais du monde ! Pour une fois que quelque chose se passe ici ! On va les faire bouger ! C'est formidable ! J'y vais ! Je passerais plus tard vous apporter à manger et à boire.
- Merci Alphonsine ! C'est parfait !
- Je ne me suis pas autant amusée depuis longtemps !

Léa laisse s'en aller Alphonsine. Elle trouve que Raphaël demeure taciturne depuis leur départ pour le sud. Il parle peu. Il discute encore moins qu'avant. Il s'enferme dans son monde. Dans sa musique. Installé devant le vieux piano, il paraît quand même soulagé.

Ces quelques jours sans les poisons préparés par Inès tranquillisent Raphaël. Léa en est persuadée. Il est bien moins agité. Il ne fabrique plus de cauchemars. Ces hallucinations provoquées n'existent plus. Il va pouvoir exercer son art sans contraintes ni commandes. Ce lieu abandonné et voué à la destruction semble lui convenir. Après tout, le décor importe peu, pense Léa en le voyant jouer. Il évite soigneusement et avec une dextérité de virtuose les rares touches douteuses. Léa s'installe confortablement au milieu du parterre et profite du moment.

Léa tressaille au moment où son portable vibre dans la poche de son pantalon. Elle récupère l'engin et regarde l'écran. Raphaël joue sans s'arrêter. Il s'habitue facilement à l'instrument et ne s'interrompt même pas quand retentit le son criard de la sonnerie du téléphone de Léa. Elle se tord la bouche et se mordille la lèvre.

— Allo ?
— Ah ! Enfin ! Vous daignez répondre ! Qu'est-ce qui vous a pris ? Vous êtes devenue folle ! Vous avez perdu la raison ! Où êtes-vous ? Vous devez rentrer sans délai ! hurle Inès dans l'oreille de Léa.
— ...
— C'est très grave, vous savez ! Vous avez enlevé Raphaël ! Je connais beaucoup de monde ! Ce n'est pas une petite garce comme vous qui me prendra mon...
— Votre gagne-pain ! Votre poule aux œufs d'or !
— ... mais pas du tout ! Vous vous égarez ! C'est mon mari ! Il est malade ! Très malade ! Je prends bien soin de lui ! Vous ne pouvez pas comprendre ! Vous n'êtes qu'une droguée ! Une sale petite...
— Je ne répliquerais pas à vos insultes et vos menaces ! répond Léa à voix basse et en restant calme. C'est vous qui droguez monsieur Raphaël ! J'ai tout découvert ! L'orangerie et ses plantations ! Le laboratoire et les fioles ! Et même le projecteur dans la chambre !
— Petite dévergondée ! Vous n'avez rien ! Je sais tout de vous ! Votre père violent et alcoolique ! Tel père, telle fille ! Je vais vous retrouver et vous paierez pour ça !
— C'est bon ? Voulez-vous savoir comment va *Rapha...* monsieur Raphaël ?
— Ah oui ! Je vois ! Vous le tutoyez maintenant ! Vous vous êtes jetée sur mon mari comme une mante religieuse ! Vous vouliez faire ça ! Coucher avec mon mari !

— Monsieur Raphaël va beaucoup mieux ! Il ne fait plus de mauvais rêve et il n'a plus d'hallucinations ! Pour le reste ! Je ne vois même pas de quoi vous parlez ! De toute façon, vous êtes avec son frère, n'est-ce pas ?
— Mais ça ne vous regarde pas ! Petite saleté ! Je vais vous écraser comme une punaise ! Maintenant, dites-moi où vous êtes ! Vite !
— Pas question ! Je ne vous dirais pas où nous sommes ! Ce soir nous avons un concert ! Il sera en tête d'affiche ! Vous n'êtes pas invité ! Je dois vous laisser ! Nous devons nous préparer !
— *... non, mais ! Attendez ! Atten...*

Léa a raccroché. Elle jette son téléphone sur le siège voisin du sien. Elle a la gorge sèche. Son cœur bat très vite dans sa poitrine. Une légère chaleur se propage sur toute son oreille droite. Elle ouvre doucement la bouche et inspire trois fois profondément.

Sur les planches, Raphaël continue à jouer sa musique. Il hoche la tête de temps en temps. Il monte les mains souvent. Léa se lève et récupère son téléphone. Elle le glisse au fond de sa poche. Dans l'espace réduit entre les rangées de fauteuils, elle progresse en crabe pour atteindre l'allée principale de la salle et s'avance vers la scène. Elle prend le petit escalier et grimpe sur l'estrade. Elle s'approche du piano et de Raphaël. Elle contourne l'instrument. Quand Raphaël la voit passer, il sourit et continue à jouer. Léa va jusqu'aux coulisses et attrape un tabouret haut. Elle se poste derrière le clavier et s'installe sur le siège poussiéreux et à l'assise tressée abîmée.

— Je viens d'avoir un appel d'Inès ! murmure Léa pour ne pas gêner l'artiste.
— Vous connaissez Inès et Charles ! Ils sont à New York pour le concert au *Canergie Hall* ! Vous connaissez New York ? J'ai souvent joué là-bas ! Avec les plus grands !

— Oui ! Oui ! Monsieur Raphaël ! Je sais tout ça ! Je suis Léa ! Je remplace...
— Madame Sansouci ! Vous remplacez madame Sansouci ! Je sais qui vous êtes, vous savez ! Vous êtes... Léa ! s'esclaffe Raphaël.
— Inès et Charles sont rentrés ! Ils veulent qu'on retourne à la maison ! Vous en pensez quoi ?
— J'ai un concert ce soir ! Je reste ici ! Je dois répéter et me préparer ! La maison me fait peur ! Le grand cèdre est une araignée géante qui avance ses pattes au-dessus de la maison ! On est pris au piège ! Oppressé ! Ils mentent ! Ils racontent des mensonges ! Je veux... Je veux jouer ici avec... avec mes souliers !
— C'est d'accord ! On reste ici et on le fait ce concert ! Votre concert !
— Que pensez-vous de ce thème, je viens de l'inventer pour vous ! Rien que pour vous ! « *Une balade pour Léa* » ! « *Léa's balad* » en anglais ! Écoutez ça !

Léa recule un peu le tabouret sur la scène et s'assoit. Elle croise ses deux jambes. Elle attrape sa natte et la lance dans son dos. Raphaël ferme les yeux et lève ses mains de la même manière que d'habitude. Il rase le clavier avec ses doigts et se met à jouer.

Une mélodie limpide et subtile monte dans les cintres. Un air de musique s'élève et tourbillonne sur la scène pareille à une feuille dans le vent. Il paraît comme le danseur, aussi léger qu'une plume, qui chaloupe et tourne sur la pointe des pieds. Léa se laisse transporter par les sons du piano. Douce, souvent, elle peut prendre des accents toniques.

Elle s'accélère d'un coup et part dans les aigus puis elle revient tranquillement vers des images plus graves. Raphaël n'hésite pas du tout. Il n'a pas transposé le thème sur ses partitions, mais il le joue tout comme s'il l'avait composé il y a longtemps. Il l'interprète naturellement et avec une fluidité étonnante. Il fait comme si le morceau faisait partie de son répertoire depuis des années.

Léa est impressionnée. Elle s'émeut. Elle se montre fière aussi. Elle descend du siège et se laisse entraîner par la musique. Elle lève les yeux vers le plafond et elle écarte les bras. Elle virevolte sur elle-même et sur la scène. Elle dessine de grandes arabesques. Elle se sent bien. Cela fait bien longtemps qu'elle n'avait pas ressenti ça. Portée par la mélodie, elle lâche prise. Son corps léger s'élève. Léa danse.

Elle pense à son enfance et à la toupie qui tourne et tourne encore. Rien ne semble pouvoir l'arrêter. Sauf son père. Le jouet l'exaspère. Il le stoppe d'un coup de pied. Léa tombe au sol. Elle est étourdie. Elle est assise au milieu de la scène. Elle doit attendre plusieurs secondes avant de reprendre ses esprits. Ses deux jambes sont repliées sous ses fesses et ses mains posées sur le vieux parquet de bois. La musique s'est arrêtée. Raphaël se précipite vers Léa pour la relever.

Alphonsine

— Vous allez bien ? Vous ne vous êtes pas blessée ? Je vais appeler madame Sansouci ! Elle sait toujours quoi faire dans ces cas-là ! propose Raphaël en prenant les mains de Léa.
— Tout va bien ! Je vais bien ! rassure Léa en souriant et en pensant à cette fameuse madame Sansouci. Je vais me relever ! Le morceau de musique était prodigieux ! Je ne m'étais pas sentie aussi bien depuis longtemps !
— Bien ! Bien ! Très bien ! poursuit Raphaël en se dirigeant vers le piano. Je vais continuer à écrire un peu de musique !
— Alors ? On s'amuse ici ! s'écrie Alphonsine en descendant vers la scène.

Léa se redresse et tapote son pantalon plein de poussière. Elle s'approche du bord du plateau pour récupérer le large panier en osier que porte la vieille dame. Très profond, il est surmonté d'une grosse et belle anse. Il est lourd des victuailles qu'il contient.

Léa s'en rend compte immédiatement quand elle soulève la banne. Alphonsine monte à son tour sur la scène et tire une table. Elle enlève les deux projecteurs qui l'encombrent. Puis elle sort un torchon de sa grande poche et rend le plateau propre et présentable.

Léa, qui a recouvré complètement sa lucidité, peut y poser les vivres et les couverts. Alphonsine défait le linge qui les protège et retire tout le contenu.

— Je vous ai préparé un léger assortiment ! Tout vient de ma cuisine et c'est moi qui ai tout préparé ! Rien que des bonnes choses ! précise-t-elle avec gourmandise et en plissant ses petits yeux.
— Vous êtes formidable, madame Alphonsine ! répond Léa.
— Appelez-moi seulement Alphonsine ! Je suis tellement heureuse de vous aider ! Le village s'éteint petit à petit ! Si je ferme, il n'y aura plus personne et l'établissement disparaîtra avec moi ! Mais ce n'est pas le moment de parler de ça ! Venez vous restaurer et goûter à ma cuisine !
— Allons-y ! Monsieur Raphaël, venez manger ! Vous devez prendre des forces pour le concert de ce soir !
— À propos de concert ! Je suis repassé à la mairie pour prévenir ! J'ai aussi appelé toutes mes copines ! Et même le curé ! ironise Alphonsine. Je l'ai croisé tout à l'heure ! Je crois qu'il va venir avec toutes les bigotes de la vallée !

Léa approche de la table deux chaises de bois et un tabouret bancal. Elle époussette les assises et s'installe au bout du plateau de ce festin improvisé. Alphonsine et Raphaël l'imitent. Léa distribue les assiettes, les verres et les couverts. Elle se saisit de la bouteille de vin et tire le bouchon positionné à la moitié du goulot. Elle voit Alphonsine s'amuser du spectacle.

— C'est un petit vin du père Bonnio ! Un sacré bonhomme ! Celui-là ! Son vin est un peu jeune ! Pas comme le gars Bonnio ! Il est aussi vieux que ses vignes ! Il veut être enterré dans ces vignes ! C'était un beau gars avant ! Il en pinçait pour moi ! Je me souviens de tout ça si bien ! Sacré Bonnio !

— Je peux y goûter ! demande timidement Raphaël.
— Mais bien sûr ! Avant un concert, l'artiste doit s'hydrater et manger !
— Eh bien ! C'est que... normalement, il ne doit pas boire d'alcool ! intervient Léa.
— Allons donc ! Quelle drôle d'idée ! Le vin du père Bonnio ! Un remède contre tout ! Même le vin de messe du curé vient de chez lui ! Une potion pour centenaire !
— D'accord ! Un petit verre pour monsieur Raphaël ! Après tout, ça ne sera pas plus nocif que ce qu'on lui a fait boire depuis des mois !

Léa verse un demi-verre à Raphaël. En avalant une gorgée du nectar, son visage se déforme légèrement. Il plisse le nez et grimace. Il toussote et sourit puis ingurgite le contenu entier du récipient. Il pose son verre et ouvre un peu la bouche. Il rigole et se frotte les mains avant de commencer à manger avec entrain.

Léa décèle dans le regard d'Alphonsine une certaine joie à observer le musicien s'alimenter avec autant de plaisir. Elle aussi a très faim. Elle prend de bon cœur les mets présents. En se voyant avec ces deux convives, elle pense à cette scène improbable. Improviser un déjeuner dans un théâtre abandonné avec un artiste à la mémoire vacillante, une ancienne tenancière et une jeune *sauvage* ; comme elle aime à se qualifier.

Léa regarde Alphonsine avec aménité pendant tout le repas. Elle ne perd pas une miette des anecdotes de la salle racontées avec gourmandises par la vieille dame. L'accent en plus leur donne un charme infini.

Raphaël mange en silence, mais écoute également avec attention. Entre deux bouchées, il noircit les partitions et ajoute moult annotations incompréhensibles pour Léa. À la fin du repas, il prend ses papiers et son stylo pour se mettre devant le piano. La musique se répand lentement dans tout le théâtre.

L'espace inoccupé depuis longtemps et voué à la démolition semble s'animer pour une dernière respiration. Un ultime soupir. Elle éprouve une sensation étrange. Toute la salle l'observe. Des invasions de locaux, déserts ou insalubres, elle en a vécu. Avant. Dangereux parfois. Elle y a connu le froid et la faim. Le manque et le vide. L'amour, la peur et les coups. Léa balaie ses souvenirs d'un mouvement de tête, d'une grimace et d'un mordillement de lèvre. Elle se lève soudainement.

Alphonsine la regarde, un peu surprise. Léa lance le mouvement du rangement. Elles débarrassent les planches des miettes du repas, de la table et de tout ce qui l'encombre. Il ne reste, au centre, que l'artiste et son instrument. Léa accompagne Alphonsine dans les coulisses pour trouver les commandes d'éclairage. Plusieurs tentatives s'avèrent nécessaires avant que les feux de la rampe, située au milieu de la scène, ne s'allument.

Un cône de lumière blanche et intense enveloppe Raphaël et le piano. Des milliards de particules de poussières brillent et montent vers le plafond. Raphaël, imperturbable et concentré, les yeux fermés, continue de jouer.

Elle accompagne Alphonsine jusqu'à la porte de l'Eden. Elles se retrouveront ce soir pour le concert. En attendant, Alphonsine rentre dans son bistrot. Elle a prévu d'offrir une collation dans son établissement une fois la représentation terminée. Léa la trouve ragaillardie. Elle lui répond d'un grand signe de la main avant de retourner vers la scène.

Bientôt, ils devront repartir vers la maison de Didier pour se préparer. Tout en écoutant la répétition, elle apprête un peu la salle de spectacle. L'après-midi passe très vite. Elle se sent heureuse de savoir Raphaël satisfait et soulagé. Il sourit et il chantonne en battant la mesure avec son index gauche. Le jour décline doucement quand ils sortent du théâtre pour se rendre chez Didier.

Les souliers noirs

Après un léger détour, ils retrouvent rapidement la mairie, la place, les platanes et l'église. La maison, en haut du village, profite d'un dernier bain de soleil. L'astre rougi repeint la modeste demeure de pierres d'une épaisse couleur pourpre. De la fenêtre du salon, une lumière jaune indique à Léa que son père est rentré.

Elle soulève le loquet du portillon de bois et laisse passer Raphaël. Ils traversent le petit enclos et entrent dans le vestibule. Après s'être débarrassés de leurs pardessus, ils pénètrent dans la pièce principale. Elle n'est pas surprise. La télévision allumée sur une chaîne continue hurle et diffuse, dans toute la maison, un magma indigeste d'images nauséabondes.

Raphaël se laisse tomber dans le canapé. Léa retrouve son père dans la cuisine. Il s'affaire à éplucher de beaux légumes encore terreux. Il lève les yeux sur Léa et esquisse un sourire.

— Tu as passé une bonne journée ? interroge Léa.
— Oui ! Bien ! Tu sais ! La routine !
— Nous sommes allés au village ! Nous avons rencontré Alphonsine ! … le bar sur la place !
— Oui ! Oui ! Je suis au courant ! Tout le village est au courant ! Même monsieur le maire est au courant ! … et le curé aussi ! À peine arrivée tu te fais déjà remarquer ! Je pensais trouver un piano pour ton musicien, mais pas déclencher tout ce foin !

— Tout va bien, papa ! C'est Alphonsine qui a tout fait ! Elle est géniale ! C'est super cette idée de concert ! Tu ne trouves pas ?
— Alphonsine ? Elle n'est pas triste ! Celle-là ! Je ne sais pas toutes les horreurs que tu lui as mises dans la tête ! Elle est bien trop vieille pour ces conneries ! Elle ferait mieux de s'occuper d'affaire de vieux !
— Si tu veux savoir, je n'ai rien fait du tout ! Elle est en pleine forme et elle a décidé toute seule de nous aider ! C'est quoi des affaires de « vieux » ? Tu veux la coller devant la télévision toute la journée à tricoter des chandails pour personne ! Elle sait très bien l'opération qu'elle fait ! Elle veut faire bouger un peu ce village ! Avec monsieur Raphaël, c'est l'occasion ! Non ?
— Tu parles ! C'est un musicien sans mémoire et qui joue du *jazz* ! On n'a pas besoin de ça ici ! C'est un village tranquille ici !
— Oui ! Oui ! Très très tranquille ! rigole Léa. Alphonsine a raison ! De toute façon, le concert aura bien lieu ! Avec ou sans toi !
— Tu as pensé à moi ? Non ! Comme d'habitude ! Je vis ici ! Je suis connu et les gens m'apprécient ! Tu ne penses qu'à toi ! Tu...
— Je ne vois pas ce qui va changer ! On va juste faire revivre un lieu sympa ! C'est un lieu vivant qui fait partie de l'histoire du village ! Raphaël n'est pas un monstre ! C'est juste un musicien dont la mémoire disparaît peu à peu ! C'est tout ! C'est toi qui me dis que je ne pense qu'à moi ! Bravo ! Et toi ? Qu'as-tu fait pour moi ! À part me frapper ! s'emporte Léa.
— C'est que... c'est loin tout ça ! Je... je ne suis plus le même ! bredouille Didier.
— Tu n'es pas obligé de venir ce soir !

Léa teinte ses joues de rose foncé et elle triture sa natte nerveusement. Elle essaie de garder son calme. Elle est furieuse. Elle pense à Raphaël et au concert de ce soir. Elle coupe court à la conversation et retourne dans le salon. Elle se place face à la fenêtre et regarde la nuit.

Le vent s'est remis à souffler discrètement. Les branches des arbrisseaux du jardin passent et repassent devant les vitres en montrant leurs petites feuilles qui s'agitent. Léa agrippe son téléphone qui vibre dans sa poche. C'est Sarah.

— Allo ! Sarah ?
— Enfin ! J'arrive à te joindre ! Mais où es-tu ? On est super inquiète avec Alice !
— Du calme les filles ! Je vais bien ! Je vous assure !
— Alice pense que tu fais n'importe quoi ! Tu devrais l'appeler ! Moi, elle ne m'écoute pas ! Je suis un peu perdue ! Je suppose que tu as tes raisons ! Je pensais que tu faisais juste un peu « *garde-malade* » ! C'est ça ? C'est quoi cette histoire de poison ? Je n'y comprends rien !
— Ne t'inquiète pas de cette façon Sarah ! Je suis chez mon père dans le sud ! J'y reste juste un peu ! Pas longtemps ! Il n'a pas changé ! Je dois faire quelque chose pour Raphaël ! On ne peut pas laisser faire sa femme et son amant ! Ils ne font que se servir de lui pour se couvrir d'argent et de gloire à sa place ! Ils le droguent ! Je l'ai vu ! Je rappellerais Alice plus tard ! Ce soir, nous avons un concert à l'Eden !
— Un quoi ? Où ça ?
— Oui ! Dans le village où je suis ! Dans une ancienne salle de spectacle ! Raphaël donnera un concert pour tout le village ! Pas mal ! Tu ne trouves pas ? L'Eden ! La salle s'appelle l'Eden !
— Léa !
— Oui, Sarah ?
— Fais attention à toi et rentre vite !

— Oui ! Oui ! Ne te fais pas de souci ! Je gère ! Bisous !

Léa remet son téléphone dans sa poche. Elle prend la télécommande de la télévision et éteint l'appareil. Elle se plante devant Raphaël. Il a une mine triste et un air un peu perdu.

— Monsieur Raphaël ? Monsieur Raphaël ! Vous devez aller vous préparer !
— Vous n'êtes pas madame Sansouci ?
— Non ! Vous le savez bien ! Elle est partie !
— Vous la connaissez, madame Sansouci ? Et Inès et Charles vous les connaissez ? Je vais jouer ce soir ! Vous verrez du beau monde au *Canergie Hall* !
— Oui ! Oui ! Elle est en vacances ! Je suis Léa ! Vous savez ? Je la remplace ! Oui ! Vous jouez ce soir, mais pas à New York ! Dans une petite salle ! On a répété cet après-midi !
— Vous êtes Léa ? Je vous connais, vous savez ! Mes chaussures ? Où sont-elles ?
— Elles sont dans la chambre ! Allez ! Venez ! Je vous accompagne ! Vous allez prendre une douche, vous habiller et mettre vos souliers !

Léa attrape le bras de Raphaël et le conduit vers la chambre. Elle retire des habits propres du sac de Raphaël et une belle chemise blanche. Raphaël se dévêtit. Il se rend à la salle de bain. Léa le suit et porte les affaires. Elle les place sur le meuble bas, sort de la pièce et referme la porte.

Dans le couloir, elle attend jusqu'à ce qu'elle perçoive le bruit de la douche. Elle se dirige vers la chambre pour préparer les fameux souliers. Elle entend la sonnerie du téléphone de la maison. Son père décroche. Au ton de sa voix, il semble surpris, mais elle n'arrive pas à comprendre la conversation. Dans la pièce, elle pose délicatement la boîte en carton sur le grand matelas et ôte le couvercle. Elle sort les chaussures une par une pour les mettre sur le lit. Elles resplendissent. Magnifiques ! Elles brillent.

Léa retire son pull et son teeshirt. Elle fouille dans son sac et prend un beau chemisier blanc avec de petites dentelles sur les manches et l'encolure. Sarah et Alice l'avaient choisi pour elle lors d'un après-midi urbain de « *traîne magasin* ». Elle l'enfile et ajuste la boutonnière. Elle glisse les pans du vêtement dans son pantalon. Elle quitte la chambre et retrouve son père dans la cuisine.

Il paraît énervé. Il affiche un teint rouge et des gouttes de sueur perlent sur son front. Ses mains tremblent légèrement. Il fait comme si elle ne l'avait pas remarqué et il continue à mitonner le repas. Elle n'a pas envie de lui poser des questions sur son état. Ils ne parlent pas. Léa dresse la table et Didier s'affaire devant la gazinière. Léa découpe un peu de pain et met une carafe d'eau au milieu du plateau.

Raphaël arrive peu après dans la pièce glaciale. Léa lui sourit. Il a coiffé ses longs cheveux en arrière. Il porte la belle chemise blanche. Il l'a fermé jusqu'aux derniers boutons. Il a gardé son pantalon du jour. Les chaussures vernies restent étincelantes. Raphaël parade avec un regard fier et altier. Il se pavane dans la petite cuisine comme un mannequin lors d'un défilé de mode. Léa le trouve ravissant.

Elle s'approche de lui et en profite pour détacher les deux attaches du haut de sa chemise. Elle effleure le haut de son buste et peut humer son eau de toilette. Il se laisse faire et regarde Léa avec des yeux charmeurs. Elle se sent gênée et confuse. Ses pommettes prennent la couleur du soleil couchant. Elle recule d'un pas et lâche le vêtement de Raphaël.

— Vous... vous êtes magnifique ! Vos chaussures sont superbes ! Quelle classe ! lance Léa !
— Vous trouvez ? Je vais jouer ce soir ! Je dois être parfait !

Léa observe son père. Didier, devant ses fourneaux, regarde par-dessus son épaule le drôle d'oiseau que sa fille lui a amené. Elle propose à Raphaël de s'asseoir à la table. Elle l'accompagne. Didier pose au milieu une cocotte en fonte émaillée. Du couvercle s'échappe une vapeur odorante. Léa hume la promesse d'un mets délicieux.

Son père a toujours su préparer de bons petits plats. Léa se souvient de l'appartement qu'elle occupait avec lui dans la cité. Le dimanche matin après son petit déjeuner, elle retournait dans sa chambre et s'inventait des mondes peuplés de reines, de rois et de monstres. Quand approchait l'heure de midi, de la cuisine montaient des parfums aromatiques et poivrés. Elle adorait ça et savait à l'avance qu'elle ne serait pas déçue. Elle attendait ça comme on escompte une friandise. Sauf une fois. Elle fut très dépitée par un plat à base de choux.

Elle s'empare du torchon jeté sur le dossier de la chaise. Elle plie le tissu pour se protéger et agripper la petite anse du couvercle. Elle le soulève doucement pour laisser échapper le fumet d'un bœuf aux carottes.

Didier s'installe de la même façon autour de la table. Elle prend les assiettes et sert généreusement. À peine a-t-elle posé celle de Raphaël qu'il attrape sa fourchette et commence à manger avec frénésie. Didier reste silencieux. Dans la cuisine, on n'entend que le bruit des couverts dans les écuelles. Léa regarde Raphaël qui dévore avec plaisir.

Elle se sent heureuse de le voir s'alimenter ainsi. Il y a quelques jours, il paraissait triste et se nourrissait du bout des lèvres et sans aucune envie. Léa sourit en observant l'artiste qui prend d'infinies précautions pour ne pas salir sa belle chemise.

Léa tente par deux fois de lancer des sujets de conversation pour briser ce silence un peu assourdissant, mais ni son père ni Raphaël ne veulent parler. Le premier se montre taciturne. Le second a les yeux fixés sur son assiette et enfourne bouchée sur bouchée. Dans cette ambiance, le repas parvient vite à sa conclusion. Le calme est rompu par la sonnerie d'un téléphone. Celui de Didier.

Il se lève et passe dans le salon pour récupérer son appareil. Curieuse, Léa n'arrive pas à distinguer son interlocuteur. Elle entend juste les sons étouffés de la conversation. Elle est ravie de savoir que Raphaël a bien mangé. Ils rangent la table ensemble. Dans cette petite cuisine aux murs un peu jaunis et sous la lumière terne l'allure et les chaussures du musicien éblouissent.

Léa s'en amuse et se prépare un grand café. Elle voit revenir Didier quelques minutes plus tard. Il ne dit toujours rien et semble même tourmenté. Léa préfère ne rien dire et plutôt penser au concert de ce soir. Elle veut que ce soit une fête pour Raphaël. Elle se demande cependant si sa venue et celle de Raphaël ne dérangent son père. Elle sait qu'il ne dira rien, mais qu'il peut vite devenir invivable en montrant des attitudes et des gestes sans équivoque. Elle avale deux belles gorgées de café puis pose sa tasse sur le bord de l'évier. Raphaël s'est installé dans le fauteuil du salon. Il attend, prostré, sur le pourtour de l'assise. Il bouge ses jambes et ses pieds avec impatience tout en contemplant ces splendides souliers.

Léa regarde la pendule de la cuisine, mais elle ne semble pas découper le temps. Elle glisse ses doigts dans sa poche et empoigne son portable. Elle l'agite pour réveiller l'écran. C'est bien l'heure de partir pour l'Eden. Elle récupère le cahier de partitions, son cuir élimé et le manteau de Raphaël. Elle le voit se précipiter sur elle dès qu'elle décroche le vêtement de la patère. Il lui prend des mains et l'enfile avec agilité. Il arrache littéralement les feuillets tenus par Léa. Elle passe son blouson. Et remonte la fermeture. Son père est assis dans le canapé et compulse le journal local. Elle s'approche de lui.

— Viens-tu avec nous ?
— Eh bien ! Heu ! Je vous rejoins un peu plus tard ! On a le temps encore ! Non ?

— Oui ! Oui ! Pas de problème ! Tu viens quand même ?
— Oui ! Bien sûr ! Je serais là ! Ne t'inquiète pas tout le temps de cette façon !
— D'accord ! À tout à l'heure !

Léa précède Raphaël et ouvre la porte d'entrée de la maison de Didier. Elle laisse passer le musicien et la referme derrière elle.

Elle remonte son col sur son cou. Le vent frais souffle. Il profite de la nuit pour dévaler de la montagne et s'engouffrer dans les petites rues désertes du village.

Elle marche en retrait de Raphaël. Il avance d'un pas rapide et décidé. Elle a du mal à suivre. À ce rythme effréné, Léa et Raphaël arrivent vite devant la salle.

Dernier concert à l'Eden

La porte est ouverte et une lumière brille dans le hall d'entrée. Elle s'arrête juste derrière l'artiste. Il s'est figé à quelques mètres du bâtiment. Elle ne comprend pas pourquoi. Elle lève la tête. Même la vieille enseigne a été allumée.

Les lettres en néons de l'Eden diffusent une lueur rouge. Léa entend le grésillement des tubes quand elle passe dessous. Le « D » clignote avec hésitation et maladresse. Raphaël reste un bon moment à contempler l'entrée.

Léa est obligée de revenir sur ses pas pour aller chercher le musicien. Il se laisse conduire à l'intérieur. Léa aperçoit Alphonsine qui range un peu le vestiaire. Elle est accompagnée d'un homme plus jeune.

Elle devine un grand type très maigre. Il présente une tête penchée sur une épaule tordue. Ses cheveux se révèlent courts et très bruns avec un bel épi sur l'arrière du crâne. Son visage est émacié. Il possède des cernes sous les yeux. Sa large bouche laisse entrevoir une dentition abîmée. Sans doute, le fils de Alphonsine se dit Léa.

Ils installent une table et disposent dessus des verres, des bouteilles et des plats recouverts de feuilles d'aluminium. Léa rit intérieurement en pensant à Alphonsine qui prend les choses vraiment à cœur. Léa aperçoit Alphonsine effectuer un geste de la main en les regardant entrer dans le hall.

— Léa ! Léa ! Avec mon fils, on a amené de quoi faire une petite dégustation après le concert ! C'est bien ! Non ?

Mais dépêche-toi un peu ! ordonne Léa à son fils. Quel empoté !
- C'est très bien Alphonsine ! C'est une très bonne idée !
- J'ai battu le rappel dans tout le village ! Jeunes ou vieux ! Rendez-vous ce soir à l'Eden ! S'amuse Alphonsine.
- C'est épatant Alphonsine ! Où trouves-tu toute cette énergie ?
- Bah ! Je suis bâtie comme un olivier ! Là, l'occasion est unique d'animer le village !
- Tu as raison ! Profitons-en !
- Eh bien ! Qu'est-ce que je vois ? C'est le même homme qui est avec toi Léa ? Ironise, Alphonsine.
- Oui ! Oui ! Il ne pouvait pas oublier ses chaussures !
- Ce n'est pas l'homme que j'ai vu tout à l'heure ! Les chaussures, ça change tout !
- Léa ? Tu verras dans la salle un jeune gars qui s'y connaît en lumières et tout ça ! Il va tenter de faire quelque chose de bien !
- Chouette ! Je ne sais pas comment vous remercier. Qu'aurais-je fait sans vous ?
- Ne dis pas ça ! Petite ! Ne change rien ! Tu es très bien ! Tu as bon cœur ! Tu es une bonne âme ! Je sens tout ça !
- Je vais accompagner monsieur Raphaël sur la scène !
- Oui ! Oui ! On termine ici et l'on fera l'accueil ! ne t'inquiète pas ! J'en vois qui arrivent déjà ! Vise un peu Léa !
- C'est vrai ! confirme Léa en se tournant vers la rue.

Léa prend une petite bouteille d'eau sur la table et s'approche de Raphaël. Elle s'enferme dans le même état que lors de l'oral de son baccalauréat. Elle a le cœur qui cogne de plus en plus fort. Elle aimerait tant connaître les pensées de Raphaël.

Il regarde le hall de la salle. Il tourne sur lui-même très lentement. Il semble fasciné par le décor qu'il voit comme l'enfant qui vient au spectacle pour la première fois. Elle lui prend le bras et l'attire vers l'escalier central. Il ne dit rien et se laisse faire. Il serre contre lui ses partitions.

Léa passe devant et arrive jusqu'à la porte battante. Elle la pousse et retient l'une des deux parties pour que Raphaël entre le premier. Elle relâche le montant dès qu'il s'est avancé dans la travée principale. Elle parcourt le théâtre. Elle trouve que quelque chose a changé. L'intérieur se montre plus chaleureux. L'écrin semble plus douillet.

Elle remarque qu'un grand rangement a été accompli. Les tissus poussiéreux qui recouvraient en partie les rangées de sièges ont été enlevés. Une lumière jaune et douce éclaire toute la salle. La scène est balayée par un projecteur puissant dont le faisceau éblouissant isole et enveloppe le piano. Léa suit Raphaël. Il enchaîne de petits pas vers l'estrade en descendant l'allée centrale. Il paraît complètement inspiré par l'endroit. Léa ne sait plus s'il navigue vraiment là ou s'il vogue dans un ailleurs. Il est parti dans une autre mémoire. Il arrive au bord du plateau. Il étend un fauteuil de la première rangée et s'assoit. Il ouvre de grands yeux et ne quitte pas le piano du regard. Il pose ses feuillets sur ses genoux et tapote dessus en agitant ses doigts.

Léa aperçoit un homme sur le côté de la scène. Il est posté derrière les pans des rideaux et semble soucieux devant un pupitre éclairé d'une faible lampe directionnelle. Elle avance jusqu'au court escalier à droite du théâtre. Elle monte les cinq marches et se plante à côté du jeune technicien.

— Bonsoir ! Je suis Léa ! J'accompagne le pianiste ! Tout va bien ?
— Heu ! Eh bien ! C'est que… je… balbutie le garçon surpris.
— Oui ? Quoi ?
— Je galère avec ce truc ! Il n'a pas fonctionné depuis des années ! C'est un modèle qui n'existe plus ! Je ne sais pas si je vais arriver à le mettre en marche !

— Pas de panique ! C'est juste un petit concert pour mon... pour monsieur Raphaël !
— Ah ? Oui ? C'est quand même préférable avec un son amplifié ! La salle est assez grande n'empêche ! J'ai aussi réparé le rideau !
— Je ne crois pas qu'elle sera remplie ! Vous faites de votre mieux ! On se débrouillera même sans ça ! Merci pour votre aide !
— Non ! Non ! C'est cool ! J'adore ça ! Pour une fois que quelque chose a lieu ici ! C'est Alphonsine qui m'a demandé de venir ! Elle est vraiment géniale pour une grand-mère ! C'est souvent grâce à elle qu'il se passe des choses dans ce village ! Sinon c'est mort ! Nous devons descendre dans la vallée ! Vers la ville ! C'est quel genre d'artiste ?
— Monsieur Raphaël est un grand pianiste de jazz ! Il perd un peu la mémoire, mais il compose toujours et... !
— Raphaël ! Jazzman ! Mais oui ! J'adore ce mec ! J'adore son style ! C'est *dar* ! Ce que j'aime c'est qu'il n'a pas vraiment choisi un style, mais qu'il touche à toutes les musiques ! Trop fort ! C'est *chanmé* ! Il a disparu il y a quelque temps ! C'est maintenant son frère qui fait de la scène et des disques !
— Oui ! Je sais ! Hélas ! Sa femme et son frère ! Ils... enfin bref ! C'est bien lui !
— Cool ! C'est lui là-bas sur le siège ? Remarque le jeune homme en faisant un signe de la tête.
— Oui ! Oui ! C'est lui !
— Bon ! Allez ! Je me dépêche de faire repartir cet engin !

Léa s'avance sur la scène et s'approche du piano. Elle s'assoit sur le petit banc devant le clavier de l'instrument. Elle regarde Raphaël au premier rang puis elle enfonce une touche blanche. La note résonne sur tout le plateau. Léa remarque que son geste a sorti Raphaël de sa torpeur. Il se réveille en sursaut, se cabre et se propulse de son fauteuil. Une fois debout, il marche d'un pas décidé vers les planches. Il s'avance vers le piano. Léa se lève et laisse l'artiste s'installer. Elle revient vers les coulisses et demande au jeune garçon si le grand rideau de scène peut être fermé. Il lui montre un panneau accroché au mur derrière lui. Elle s'en approche. Elle se fige et reste pantoise face à un ensemble de vieux interrupteurs à manettes.

Elle peut voir des étiquettes décollées ou déchirées au-dessus de chacun d'eux, qui en indiquent la fonction. Sur l'un d'eux, Léa arrive à déchiffrer une écriture délavée : « *rideau scène* ». Elle l'actionne.

Accompagnée d'un bruit de poulie et de câble, la lourde toile se ferme lentement et soulève un beau nuage de poussière qui tombe en flocon sur l'avant-scène. Une partie de la tenture est déchirée, mais il masque bien la salle. Léa observe Raphaël. Le mouvement de l'épaisse courtine n'a même pas perturbé le pianiste.

Il a posé ses partitions et, les yeux fermés, échauffe doucement ses doigts sur le clavier. Muré dans le silence depuis qu'ils sont partis de la maison de Didier Léa le trouve ailleurs. Son corps demeure bien là, mais elle ne parvient pas à savoir où vit sa tête. Au *Canergie Hall* de New York, sans aucun doute, pense-t-elle.

Léa s'avance un peu sur la scène jusqu'à l'œil du rideau. Elle observe la salle. Quelques spectateurs étonnés et prudents prennent place. La double porte battante est maintenue ouverte pour laisser entrer les auditeurs intrigués. Léa revient vers le jeune garçon qui semble avoir fini de faire fonctionner le matériel abandonné. Il tend même un micro à Léa.

— J'ai réussi ! C'est inespéré ! Tenez ! Le micro marche !
— Mais... mais qu'est-ce que vous voulez que je fasse de ça ?
— Vous allez présenter l'artiste ! Non ?

— Ah ? Oui ? Vous êtes sûr que c'est nécessaire ? Je veux dire... je ne sais pas quoi dire !
— Vous trouverez bien ! Je m'occupe du reste ! je vais approcher un autre micro près du piano !

Léa prend l'objet et le pose sur la petite table sous le tableau des interrupteurs. Elle perçoit nettement le murmure de la salle qui monte petit à petit. Elle ne pensait pas un jour se retrouver sur une scène à présenter un musicien. Une boule pesante se forme dans son ventre. Elle plisse le nez et se mordille la lèvre. Elle essaie de trouver rapidement quelques phrases toutes faites pour introduire Raphaël à son nouveau public. Elle s'approche encore du rideau pour voir le parterre qui se remplit doucement puis elle revient vers Raphaël.

— Monsieur Raphaël ! Tout va bien ? Vous voulez quelque chose ? interroge Léa.
— Qui êtes-vous ? Vous travaillez ici ? demande gentiment Raphaël en levant la tête.
— Je... Je suis Léa ! Vous savez bien ! Je remplace madame... !
— ... Sansouci ! Oui ! Oui ! C'est ça ! Je vous reconnais ! Où sont Inès et Charles ? Ils ne viennent pas me voir ? C'est mon grand retour ! J'ai mis mes souliers ! Vous avez vu ? plaisante Raphaël en levant l'un de ses pieds au-dessus du clavier.
— Ils sont dans votre maison !
— Après, on ira boire un verre au « *P.J. Carney's Pub* » ! Vous savez bien ! C'est sur la septième avenue ! De l'autre côté de la rue !
— Monsieur Raphaël ! Nous ne sommes pas à New York ! Nous sommes dans un petit village dans le sud ! La salle s'appelle... !
— ... l'Eden ! Oui, je sais ! Je sais qui vous êtes ! Vous savez ! Badine Raphaël en arborant un grand sourire.
— Je suis stressée ! J'ai le trac et vous vous moquez de moi ?

— Pardonnez-moi, Léa ! Je ne voulais pas vous mettre mal à l'aise ! Je vous remercie pour tout le travail que vous faites pour moi ! Je me sens beaucoup mieux depuis que je suis avec vous ! Ne vous inquiétez pas ! Je me présenterais moi-même !
— Vous... vous êtes sûr ?
— Mais oui ! Ce n'est pas la première fois ! Avec ces souliers, rien ne peut m'arriver ! Installez-vous dans la salle !
— C'est d'accord ! Je vais me mettre au premier rang ! Je vous laisse vous préparer ! Je vous dépose là une bouteille d'eau !

Léa se retire dans les coulisses. Elle passe devant le technicien qui lui renvoie un grand sourire de connivence en levant le pouce vers le haut. Elle le lui rend et descend dans la salle. Tous les fauteuils libres et en bon état sont occupés. Léa voit même quelques spectateurs qui ont récupéré des sièges de fortune et se sont installés au fond.

Elle admire le théâtre qui reprend vie avec tous les villageois. Elle cherche son père du regard. Il ne se trouve pas encore là. Elle longe la scène pour dénicher une place au premier rang. Toutes sont occupées sauf deux que Alphonsine a expressément marqué.

Elle pose son sac et s'assoit. Elle garde sur elle son blouson, car il fait un peu frais malgré le nombre de spectateurs. Impatiente, elle regarde autour d'elle. Les discussions revivent, animées et joyeuses. Tout le village se trouve présent. Toutes les générations sont descendues. Des enfants, heureux de se retrouver dans cet endroit insolite, courent et chahutent dans les allées.

Elle aperçoit Alphonsine près de la porte d'accès. Elle libère les deux battants puis descend vers la scène. Elle prend la travée centrale et discute au passage avec les gens du pays. Elle prend place à côté de Léa au moment où les lumières s'éteignent doucement. Alphonsine offre un sourire bienveillant à Léa.

Les rideaux commencent à s'ouvrir. Si le mouvement paraît fluide au début, il devient vite saccadé. Les toiles finissent par se bloquer. La scène n'est qu'à moitié découverte. Léa s'apprête à se lever quand les tentures bougent à nouveau. Ce coup-ci, ils se referment. Ils s'arrêtent une nouvelle fois avant de s'écarter enfin en soulevant quelques bouffées de poussières. Cela provoque l'hilarité parmi les spectateurs. Mais maintenant, le plateau est complètement ouvert.

La lumière blanche est dirigée vers le piano. Tout le monde se tait. Le silence pèse aussi lourd que les vieux rideaux du théâtre. Léa regarde le technicien qui s'approche timidement avec un câble et un pied télescopique jusqu'au milieu de la scène. Il règle la hauteur et tapote deux fois sur la grille protectrice de la membrane puis retourne dans les coulisses.

Les enceintes de la salle crépitent et émettent un long craquement métallique. Léa cherche Raphaël. Elle ne le voit pas. Elle se redresse et s'apprête à se lever quand le musicien sort de l'ombre et s'avance vers le micro. Soulagée, elle se laisse glisser au fond du fauteuil. Elle suit des yeux Raphaël. Ses souliers noirs brillent comme jamais sous les feux de la rampe. Il s'arrête au milieu de la scène et regarde Léa.

— Bonsoir, mesdames ! Bonsoir, messieurs ! Je... Je ne suis pas un grand orateur. Je suis juste un musicien, mais je voudrais vous dire quelques mots avant de commencer ! Il y a encore quelques heures, je ne pensais pas remonter un jour sur les planches ! Je suis malade ! Ma mémoire se délite et s'effiloche ! J'ai de plus en plus de mal à reconnaître mes proches ! Je perds la notion du temps et de l'espace ! Mais la musique vit en moi ! C'est comme... C'est comme si elle prenait toute la place ! Tout devient musique en moi !
...

— ... Des personnes de mon entourage sont habitées par de mauvaises intentions. Ils me veulent du mal et se servent de moi ! Je le sais ! Je le sais... grâce à Léa qui m'a beaucoup aidé et sans qui je ne serais pas là ce soir ! Certains me connaissent peut-être ! ... me connaissait ! Je ne suis plus le même, mais je compose toujours et je voudrais vous présenter mes créations ce soir ! J'ai parcouru les plus grandes scènes du monde ! Cette scène est la plus belle ! ... sans doute la dernière !

Léa regarde Raphaël se retourner et aller vers son piano. Elle sent sa gorge s'assécher et son pouls s'accélérer. Elle attrape sa natte et la jette en arrière. Elle se mordille la lèvre.

Elle n'entend pas un bruit dans la salle jusqu'à ce qu'un spectateur se lève et commence à applaudir. Alors, comme une réaction en chaîne, les villageois se redressent et frappent dans leurs mains. Dans un même élan, tout le théâtre frissonne et acclame le soliste. Léa est émue et son cœur voudrait sortir de sa poitrine pour embrasser tout l'auditoire. L'ovation dure plusieurs minutes, puis le silence s'opère. Il est tout juste interrompu par quelques toussotements. Quelques raclements de gorge étouffés se répondent en écho. Elle perçoit encore quelques discrets bruits de sièges et de portes.

Léa les ignore et admire l'artiste qui s'apprête à jouer. Maintenant elle le connaît. Elle sait par cœur les gestes qu'il va réaliser. Il ferme les yeux et relève un peu le menton. Il lève ses mains au-dessus du clavier. À quelques millimètres seulement. Elles sont tirées vers le haut par un marionnettiste invisible. Il bouge en douceur les doigts en frôlant les touches. Léa baisse les paupières à son tour.

Les larmes de Léa

Elle attend le moment magique où la première note ; le premier son ; va monter de l'instrument pour arriver jusqu'à elle.

Au lieu de ça, Léa sent une main ferme sur son épaule. Elle ouvre les yeux. Elle prend le faisceau éblouissant d'une lampe torche en pleine figure. Elle ne distingue pas la personne qui lui joue cette mauvaise comédie.

Elle se redresse sur son siège. Sa vue s'habitue un peu à la vive lueur. Les lumières de la salle viennent de se rallumer. Un énorme brouhaha s'ensuit. Des sifflets et des cris fusent. Un gendarme se tient devant elle.

— Êtes-vous, madame Léa… ?
— Eh bien ! C'est que… oui, c'est moi ! bafouille Léa.
— Veuillez vous lever et me suivre ! Vous êtes en état d'arrestation ! Vous êtes accusée d'enlèvement et de séquestration de personne vulnérable ! Allez ! Prenez vos affaires !
— Mais… mais ! Je ne comprends pas ! Je n'ai rien fait de mal ! Demandez-lui ! s'écrie Léa en levant les yeux vers la scène.

Elle reconnaît, autour de Raphaël, Inès et Charles. Ils le toisent d'un air furieux et inquisiteur. Le couple fait écran devant Raphaël. Elle n'arrive pas à le voir. Elle remarque que d'autres agents font rapidement évacuer la salle.

Des cris, des huées et des bousculades accompagnent la sortie des villageois. Elle essaie de croiser le regard d'Alphonsine.

Elle se tient à quelques mètres d'elle. Encadrée par une gendarme, elle est maintenue à distance. Elle plisse les yeux et renvois à Léa la figure triste de la déception. Elle décèle dans le visage de la vieille dame une infinie compassion. Au coin de l'œil de Léa glisse une larme jusque sur sa joue. Son cœur s'emballe. Elle ne parvient plus à rester sur ses jambes. Elle tremble. Elle aperçoit son père au fond de la salle. Il a les yeux baissés.

L'agent empoigne avec force le bras de Léa et la pousse sans ménagement dans l'allée centrale. Elle a mal. Elle titube et manque plusieurs fois de trébucher. Elle sent la main ferme du gendarme la maintenir debout. Elle se redresse quand elle arrive à la hauteur de Didier. Elle le fixe dans les yeux.

- Combien ? Dis-moi combien ! Combien t'ont-ils donné pour me dénoncer ! Regarde-moi ! Mais regarde-moi ! hurle Léa.
- Ça suffit, madame ! intervient l'agent.
- Papa ! Je suis ta fille ! Comment peux-tu ! Comment oses-tu !
- C'est... c'est pour ton bien ! Je l'ai fait pour toi ! bafouille Didier.
- Qu'est-ce que tu sais de ce qui est bien pour moi ? Tu peux me le dire ! Les coups ? C'était aussi pour mon bien ! Tu ne me connais pas ! C'est pour l'argent ! C'est ça !
- Mais... mais... non ! Je n'ai jamais... bégaie Didier en baissant les yeux.
- Tu as oublié ! C'est ça ton excuse ! Et bien, moi ! Non ! Je pensais que tu avais changé ! Je me suis trompé ! Tu es ignoble ! Je te déteste ! Tu ne sais rien de ce pauvre Raphaël ! Ils vont le torturer et l'empoisonner ! Tout ça, c'est ta faute !
- Madame ! On y va maintenant ! Suivez-nous ! Ordonne le gendarme.

Léa transpire. Elle sanglote. Elle voudrait crier. Elle aimerait hurler son désespoir. Elle tourne la tête et regarde par-dessus son épaule. Elle cherche Raphaël. Il attend en bas au pied de la scène encadré par sa femme et son frère. Effaré. Inès feint une mine triste et affligée. Charles montre un visage à la fois impassible et accablé. Raphaël semble perdu et roule de grands yeux hagards.

Léa est poussée à l'extérieur de l'Eden. Elle est invitée à entrer de force dans un fourgon. Avant que la portière ne soit close, elle voit défiler devant elle Raphaël et ses gardiens. Raphaël porte son regard sur Léa. Leurs deux visages humides de larmes partagent un sentiment identique de peur et de détresse. Léa tend sa main vers Raphaël.

— Je suis désolé ! Vraiment désolé !

Raphaël sourit une fraction de seconde avant de fermer complètement son faciès. Inès passe à son tour devant Léa. Elle lève la tête et contemple avec satisfaction la condamnée. Elle prend un ton dur et cynique.

— Vous voyez ma petite ! Vous écouterez sa musique en prison ! Je vous avais prévenu !
— Vous... Vous ne vous en sortirez pas ainsi ! J'ai... J'ai des preuves ! clame Léa folle de rage.

Inès se recule d'un pas et son visage se décompose. À son tour, elle est effrayée. Elle prend Raphaël par le bras et le tire vers l'avant. Il se retourne, regarde Léa et sourit. Il se met à chantonner. Il commence à voix basse d'abord puis suffisamment fort pour que toute l'assistance entende.

— « *I wish I knew how*
It would feel to be free
I wish I could break
All the chains holdin' me

I wish I could say
All the things that I should say
Say 'em loud say 'em clear
For the whole 'round world to hear

I wish I could share
All the love that's in my heart
Remove all the bars
That keep us apart

I wish you could know
What it means to be me
Then you'd see and agree
That every man should be free ... »[2]

Léa, seule et entravée, laisse Raphaël s'éloigner. Le beffroi du village carillonne. Le musicien disparaît dans le halo bleuté du gyrophare qui déchire la nuit claire et froide.

---

[2] *I wish I knew how It would feel to be free* – Nina Simone – 1967 - RCA

Balades pour Léa

Quelques mois plus tard.

Alphonsine est retournée derrière son bar et cuisine des plats qui ravissent les habitués. L'esplanade déserte s'anime un peu les fins d'après-midi. Le vent la balaie régulièrement. Il efface les traces laissées par les joueurs de boules. Il emporte avec lui les discussions et les éclats de voix.

L'Eden ne sera pas détruit. Un collectif s'est créé pour le sauver et en fabriquer un nouveau lieu d'art et de culture. C'est une attraction à venir pour le village. Les habitants s'en réjouissent. En attendant, la petite cité méridionale s'est rendormie. Son cœur est rythmé par le bruit des cloches et celui des vendanges.

Didier vit toujours dans sa modeste maison au bout du village. Il a changé de voiture. Il travaille encore à la mairie. Il ne va plus chez Alphonsine. Il termine ses journées dans un bar sale et sans âme du bas de la cité. Il parle peu et boit beaucoup. Personne ne l'a vu au procès. Il rôde parfois près de l'Eden. Un matin, des habitants l'ont retrouvé recroquevillé sur lui-même contre les grilles. Il dormait encore ivre de la veille.

Plus au nord, la villa Chanteclair, derrière ses murs élevés et à l'abri des regards, reste vide. Un panneau de couleurs vives est fixé sur les barreaux de la clôture d'entrée. Il prévient les passants qu'elle est libre. La porte est entravée par une grosse chaîne.

Des herbes folles ont colonisé l'allée de gravier. La pelouse se retrouve haute et profonde. Les rosiers fanés s'exposent lourds et ébouriffés. L'orangerie se devine à peine cachée dans l'ombre d'une végétation envahissante. Les volets clos commencent à disparaître sous la vigne vierge. Le grand cèdre bleu trône toujours au milieu de la propriété. Il déploie ses ailes de protecteur au-dessus de la demeure abandonnée.

Les occupants sont vite partis après l'incident. Inès et Charles ont choisi de vivre à l'étranger. Ils sont maintenant installés à Londres. Ils sont venus régulièrement pour le procès. Ils ont amené dans leurs bagages une armée d'avocats. Ils n'ont effectué qu'une bouchée de celui de Léa. C'était un parfait débutant commis d'office.

Malgré l'aide d'Alice et de Sarah, sa défense n'a pas résisté et elle s'est effondrée comme un château de cartes. Les charges sont restées accablantes pour la jeune fille. Ses preuves considérées irrecevables ont été balayées. Un coup de marteau de juge a brisé les espoirs de Léa. Sous l'impulsion de ces deux amies, un groupe de soutien s'est formé. Il a épaulé du mieux possible Léa dans ce procès. Un large public lui a apporté son aide. Les réseaux sociaux étaient divisés en deux camps et se sont déchirés virtuellement.

Beaucoup d'éléments diffusés se sont avérés de fausses informations ou de vrais mensonges. La presse locale n'est pas demeurée inactive pour propager des rumeurs nauséabondes sur Léa. Raphaël est resté absent pendant toute la durée des débats. Léa a essayé, en vain, d'obliger Inès et Charles a présenté le musicien face à la cour. Le couple a indiqué au juge que l'artiste se reposait dans une maison spécialisée de la campagne anglaise. L'explication a suffi.

Devant la barre des témoins jaillis de nulle part sont venus dire tout le mal qu'il pensait de Léa. Son passé est jeté en pâture dans la salle d'audience. Le procès est resté celui de Léa. À l'énoncé du verdict, Léa, blême, s'est évanouie. Elle a été évacuée du tribunal soutenu par deux gendarmes en portant avec elle le *fardeau d'une peine d'emprisonnement ferme et d'une lourde amende habilement négociée par les avocats d'Inès et Charles.*

Léa ne quitte plus son appartement depuis qu'elle est sortie de prison. Les volets fermés ne laissent passer que des pointillés de lumière. Elle ne mange plus. Elle apparaît maigre et fatiguée. Ses lèvres sont abîmées et écorchées jusqu'au sang tellement elle les a mordues.

Elle a coupé ses cheveux. La réclusion a marqué son âme et son corps. Elle est allongée sur son lit. Elle ne se souvient plus depuis combien de temps elle git recroquevillée sur elle-même. Elle sursaute au moindre bruit dans l'immeuble. Derrière les fenêtres, la ville gronde. Elle est persuadée que toute la cité la regarde et la montre du doigt. Elle pense à Nicole. Elle lui manque beaucoup. Elle a su trouver les mots pour la réconforter quand le monde s'est dérobé sous ses pieds. Aujourd'hui, elle est toute seule.

Elle regrette de ne pas avoir prévenu Alice et Sarah de sa sortie de prison. Elles sont toujours restées présentes dans les moments difficiles. Elles sont venues toutes les semaines lui rendre visite au parloir. Elle a préféré prendre le bus pour rentrer chez elle. Elle s'est tenue debout. Elle ne voulait pas s'assoir. Pendant tout le trajet, elle a fui le regard des autres voyageurs. Elle a eu la sensation de porter à jamais une pancarte de condamné.

Elle ouvre les paupières et parcourt sa table de chevet. À côté de la petite lampe se trouve une coupelle dans laquelle sont disposés une seringue et un garrot en latex. Léa n'arrive pas à détacher ses yeux de ces instruments qu'elle connaît bien. Elle lutte avec tout ce qui lui reste de force pour résister à la tentation. Des gouttes de sueur perlent sur son front. Elle se tourne de l'autre côté du lit.

Elle tire la couette sur son épaule jusqu'à son cou. Elle plie ses genoux et se blottit un peu plus. Elle ferme les yeux. Elle entend la musique de Raphaël. Ce sont quelques mesures d'un air léger et aérien. Elle s'endort.

C'est décidé. Elle doit y retourner. Elle récupère son vélo et fonce vers la villa Chanteclair. Elle traverse la ville à une vitesse folle. Les rues demeurent désertes. Balayées par le vent. Il fait beau. Le soleil rasant inonde de ses rayons les artères urbaines. Devant la grille, elle est essoufflée. Elle transpire beaucoup.

Au moment où elle descend de sa machine, ses jambes se dérobent et elle manque de tomber. Elle se rattrape en s'accrochant à son guidon. Elle appuie sa bicyclette contre le mur. Elle agrippe les larges barreaux avec ses deux mains et pousse de toutes ses forces. La porte résiste. Elle grince. Elle bouge un peu. Léa insiste et elle s'entrouvre juste assez pour qu'une personne s'y engouffre.

L'allée se devine à peine. Elle se fraie un chemin dans les hautes herbes. Le grand cèdre bleu garde toujours les lieux. Ses ramages sombres et puissants laissent l'accès à Léa et s'agitent en guise de bienvenue. Des traces de pas marquent la route à suivre. Plus elle progresse, plus son cœur cogne dans sa poitrine. Elle s'avance jusqu'au portique d'entrée de la demeure abandonnée. Des planches de bois sont fixées en travers et bloquent le passage. Elle monte sur le perron. La vigne vierge masque toutes les ouvertures. Elle longe la façade pour atteindre la porte de la cuisine. Des chevrons et des éclats de verre jonchent le sol. Elle arrive à se glisser à l'intérieur de la bâtisse. Une odeur d'humidité et de poussière chatouille les narines de Léa. Elle éternue plusieurs fois. Les rayons du soleil transpercent les fenêtres obstruées. La lumière tamisée suffit à éclairer les pièces de la demeure.

Léa n'a pas de mal à se repérer et à progresser dans la maison. Elle arrive devant le salon de musique et pousse les deux battants. À l'endroit précis où se tenait le piano, elle aperçoit une ombre. Elle sursaute. Elle avale sa salive avec difficulté.

Son pouls s'accélère. Elle sent son cœur jusqu'aux veines de son cou. Elle s'approche sans effectuer de bruit. Elle remarque bien une présence humaine. Là. Un pas de plus et Léa s'arrête.

La personne se lève du tabouret bancal sur lequel elle était assise. Elle se retourne. Léa n'en croit pas ses yeux. Raphaël se trouve devant elle. Il a revêtu sa tenue de concert. Il est habillé d'une chemise blanche et d'une redingote. Il n'a pas oublié ses souliers vernis. Il s'approche de Léa et sourit.

— Je sais qui vous êtes, vous savez ! Vous êtes Léa et vous remplacez madame Sansouci ! Venez !

Il semble tout excité. Il attrape Léa par le bras et l'entraîne dans le jardin derrière la maison. Ils passent la grande baie vitrée à moitié brisée. Ils traversent toute la pelouse et s'arrêtent devant une brèche du mur envahie par le lierre. Raphaël grimpe sur les éboulis et enjambe la clôture effondrée. Elle le suit de près. Elle se sent heureuse de rejoindre le musicien, mais elle ne trouve pas les mots. De l'autre côté, ils se retrouvent sur un chemin empierré qui borde une ancienne voie ferrée. Raphaël marche d'un pas décidé. Léa a du mal à tenir le rythme. Ils longent toutes les villas puis pénètrent dans un sous-bois. Ils continuent ainsi pendant un bon moment. Raphaël ne semble pas fatigué et accélère la cadence.

Léa est épuisée. Elle transpire. Elle a soif. À l'orée de la forêt, le paysage s'ouvre sur une vue splendide de la vallée. Elle peut admirer le fleuve en contre bas et tout au fond la ville qui n'en finit plus de se répandre.

Raphaël quitte le chemin qui descend dans la combe et s'aventure sur le ballast de l'ancien chemin de fer. Léa hésite. Elle reste un peu réticente, mais elle le suit. La progression devient plus lente entre les vieilles traverses de bois. Elle manque de tomber plusieurs fois. Raphaël semble, au contraire, très à son aise. Après plusieurs minutes, ils gagnent le viaduc qui franchit le fleuve.

Au milieu, Raphaël s'arrête et monte sur le parapet. Léa hésite. Le musicien lui lance un regard tendre. Elle se laisse faire et escalade à son tour le muret. La hauteur s'avère impressionnante et Léa ressent des picotements dans ses jambes. Elle s'adosse à l'armature de fer. Le fleuve gronde et s'écoule avec force vers la ville. Du bouillonnement des eaux explose, écumes et éclaboussures. Raphaël attrape la main de Léa.

— Vous entendez cette musique ? Froide et brutale ! Reposante et douce ! Allons-y ! Mêlons-nous à la fête !

Il serre fort les doigts de Léa et se jette dans le vide. Léa n'a pas le temps de réagir qu'elle est déjà précipité vers le bas. Elle veut crier, mais aucun son ne sort de sa bouche. Elle n'arrive plus à respirer. Elle aspire un peu d'air avec difficulté. La vitesse de la chute inonde ses yeux de larmes. Raphaël semble très tranquille. Il se montre calme et serein. Il sourit. Il lâche la main de Léa. Les deux corps se séparent.

Léa tente de rattraper la main du musicien, mais elle n'y parvient pas. Il disparaît dans les flots enragés. Léa ne voit plus rien. Elle continue à descendre. Elle s'approche de l'eau sans jamais l'atteindre. Ses tempes lui font mal. Sa tête cogne de plus en plus fort. Son corps tourne dans tous les sens. Elle finit par s'évanouir.

— Léa ? Léa ? Tu nous entends ? On est là ! Tout va bien !

Léa soulève ses paupières avec peine. Ses yeux sont collés. Elle est trempée. Elle doit attendre quelques secondes avant de recouvrer totalement la vue. Ses deux amies Alice et Sarah sont penchées sur elle. Sarah lui tient la main et Alice lui applique un linge froid et humide sur le front.

— Te voilà enfin ! Heureusement qu'on avait la clé ! Tu ne réponds pas au téléphone ! On était mortes d'inquiétude ! indique Alice d'une voix calme.

— Pourquoi n'as-tu pas appelé pour qu'on vienne te chercher à la maison d'arrêt ? demande Sarah sur le même ton.
— Je... je ne sais pas ! bégaie Léa en sanglotant.

Sarah la prend dans ses bras. L'étreinte tendre et vigoureuse se prolonge. Les larmes de Léa coulent dans le cou de son amie. Alice lui caresse les cheveux.

— Tout va bien, Léa ! On est là ! poursuit Alice.
— Léa ! On t'emmène en voyage ! annonce Sarah.

Léa acquiesce d'un hochement de tête. Elle esquisse un sourire. Elle regarde furtivement vers sa table de chevet puis fixe ses deux amies. Elle se mordille la lèvre en adoptant un air contrit et malheureux.

— On va t'aider ! reprennent en cœur Alice et Sarah.
— Tiens, Léa ! On a trouvé ça devant ta porte ! ajoute Alice en déposant une enveloppe dans les mains de Léa.

Léa, intriguée, se redresse et s'appuie sur la tête du lit. Ses doigts tremblent en déchirant le paquet. L'écriture sur le papier Kraft est heurtée et maladroite. Léa la reconnaît immédiatement. Elle écarte l'emballage. Plié dans deux partitions noircies par Raphaël, elle découvre la carte postale décorée d'une clé de sol et de quelques notes de musique. Dessous se trouve un boîtier avec un disque sur lequel il est inscrit au feutre indélébile : « *Balades pour Léa* ».

Table

Villa Chanteclair 7
Raphaël en jazz 19
Pantomime et tempête 31
La mémoire du cœur 43
Cauchemar à l'étage 53
Fugue en mémoire 61
Cinéma en chambre 69
Le musicien de gare 77
L'amertume 89
Avant de partir 107
Voyage 119
Ô père ! Ô frère ! 129
Falsum 139
Un piano dans le village 151
L'Eden ouvre ses portes 161
Alphonsine 171
Les souliers noirs 175
Dernier concert à l'Eden 183
Les larmes de Léa 193
Balades pour Léa 197

Du même auteur

Des Champs d'Agonie, Roman, BoD, 2021